Åke Smedberg

Hässja

Berättelser från en trakt

Bilder av Kit Alexi

Albert Bonniers Förlag

Författaren tackar
Helge A:xson Johnsons fond
för ekonomiskt bidrag.

www.albertbonniersforlag.se

ISBN 91-0-010035-8

Första utgåva 2000
Bonnierpocket 2003
Printed in Denmark
Nørhaven Paperback A/S
Viborg 2003

Till Ann-Kristin, Petter, Klara

Undersökning

Början av sjuttiotalet och jag kommer hem igen. Här är det duggregn, disigt. Bergen försvinner i dimma. Svartglänsande berghällar. Några lockiga tallar i töcknet. Som på en kinesisk tuschmålning.

Och kåken på sin höjd. Lagården bakom. Tom nu, sånär som på hästen (och några katter), korna bort sedan länge. Erland är hemma. Han har redan sedan några år tillbaks tagit ut förtida pension. En dumhet, visar det sig. En rävsax. Knappt existensminimum, som dessutom äts upp av kvarskatten för den skogskörning han tar på sig vintertid. Inga-Britt är nere i stan. Hon arbetar fortfarande på sjukhuset, har ett övernattningsrum därnere.

En bleklagd, mild höst, som långsamt övergår i vinter. Snön som kommer och försvinner och kommer igen. Vägarna underhala som politikerlöften. Blidväder långt in i december, då kölden plötsligt skruvas upp till bländvitt, som en gasollykta. Allt blir på något sätt allvarligare, mer avgörande. Livet ett smalt spår över ett vitt tomrum. Det gäller att inte stiga fel.

Vi knäar oss uppför Hjässbergets norrsida, där Erland skall ta ut en virkespost. Mest gallringshuggning, men också en del grovtall, fanervirke. Några kråkor kommer singlande genom det magra gryningsljuset, på jakt efter bebyggelse och husvärme. Passerar tätt över oss, vildsint flaxande, som om kölden inte gav något riktigt fäste för vingarna. Det blir långsamt ljusare. Himlen blekblå, avlägsen. Framåt dagen skall det låga solljuset flyktigt slicka över bergssidorna. Dalgången nedanför fortfarande i skugga. Ett mörker därnere som inte riktigt vill vika.

Jag är alltså tillbaks, men inte för att stanna. Jag skall snart ge mig av igen. Och någonstans här lämnar jag trakten bakom mig, slår igen en dörr. Jag paketerar den och ställer den åt sidan, i ett rum utanför tiden. Där har jag placerat dem. Erland och Inga-Britt. Närmsta grannarna Elin och Gösta. Gunvor och Herbert på andra sidan bäcken. Sjöléns och Skoglunds en bit längre ner. Länge skall det vara en trakt som egentligen inte existerar, knappt ens i minnet. Jag har låtit den försvinna.

Men nära trettio år senare finns den plötsligt där igen. Och människorna finns. Liksom överrumplad betraktar jag dem.

– Det var som... är ni fortfarande här?

Man besvarar mina blickar.

... Ja, var skulle vi annars vara?...

– Men, säger jag, det är ju evigheter... vad har ni gjort egentligen, under alla dessa år?

Man rycker lätt på axlarna.

... Gjort? Vad har man gjort? Man har levat. Och dött, naturligtvis. En del har flyttat, andra kommit till. Och man har jobbat, med än det ena, än det andra. Jordbruk? Det är inte mycket numer, det har det väl aldrig varit, förresten? Men, som sagt, man har gnetat på, som alla andra...

Och man granskar mig, avvaktande och lite fundersamt.

... Är det från försäkringskassan?... Eller för nån Sifo-undersökning eller så?...

Men det är det inte.

– Fast...ja... något slags undersökning i alla fall... Ni har alltså funnits här? Hela tiden? Existerat, trots allt?

Man skrattar lite, ruskar på huvudet.

... Ja, det kan man väl säga, nånting ditåt...

Man kastar en snabb blick över axeln (dolda kameran, kanske?)

... Undersökning? Vilken sorts undersökning?...

– Jag vet egentligen inte. Kanske är det bara nyfikenhet. Jag vill veta något om er. Om vad som hänt...

... Hänt? Här har det väl aldrig hänt nåt. Inte sen Einar Lindgren sprängde skithuset i luften...

– Jag vet, säger jag. Han var less på skiten.

... Jaså? Du har hört den?...

Och man betraktar mig fundersamt igen.

... Ja, nåt annat har det väl inte hänt, egentligen...

Nej, här har ingenting hänt, ingenting särskilt. Trakten är liten, obetydlig. En knapp tumnagel på kartan (skala 1:400 000). En trång dalgång mellan tvära bergssidor. Några kåkar och tomma lagårdsbyggnader. Åkerlappar som blivit hästbeten. Några nybyggen: villor, som barn eller barnbarn fått bygga på gammal odlingsmark.

Berättelserna här är lika varandra som gråsten. Tills man böjer sig ner, granskar dem, väger dem i handflatan. Och plötsligt finns livet där, brännhett och iskallt. Skrattande och gråtande. Nyckfullt och ojämförligt.

... Tja, var det inget annat så...

Och man lämnar mig där. Man har inte tid att stå så här längre. Det finns annat som måste göras. Inget märkvärdigt. Men sånt som måste göras i alla fall.

Småbruk

Hov 3:11. Det är fastighetsbeteckningen. Ett småbruk. Fyra och en halv hektar åker, sexton hektar skog.

Skogen ligger i söder, från gården räknat, klättrande uppför Hjässbergets norrbrant. Mestadels gran, självfallet. Enstaka tallbestånd, grova, rakvuxna. Skogsskiftet inrymmer också en tvärbrant klippvägg, "Skvalet" kallad, på grund av vattnet som ständigt sipprar ner här. Om vintrarna bildas fantastiska formationer av is under de utskjutande klipporna.

Ett stycke högre upp finns en kallkälla. En trefaldighetskälla: en sådan som rinner upp mot norr, från tre tillflöden. På femtiotalet drar Erland och Inga-Britt vatten härifrån ner till huset. Handgräver hela sträckan, ner till frostfritt djup. Det blir svårt i själva bergbranten, man får spetta sig ner så gott det går, risa över. Otaliga myrstackar går åt till isolering. Ändå händer det att vattnet fryser vintertid, särskilt om snötäcket är tunt. Att helt stänga vattenkranarna blir något av en dödssynd. Vattnet skall alltid rinna. Gnisterkalla vinternätter när termometern kryper under trettio vankar Erland oroligt av och an i huset, prövar kranarna, försöker hitta det ideala läget. En tunn, jämn stråle; inte för lite, inte för mycket – en ständig vattenrörelse som håller isen på avstånd och ändå inte torrlägger källan.

Den underbara källan.

Vattnet härifrån har särskilda, undergörande egenskaper, det är något vi alltid får höra. Vi dricker, känner efter. Jaha, då är det väl så då... Kallt är det i alla fall...

Detta om skogen.

Och åkerarealen? Norrut – mot bäcken som slår en halvcirkel runt ägorna – består den av Storlägdan och Lillnäset. Söderut finns Flodikslägdan och Myrlägdan. Dessutom betesmark. Beteshagen intill landsvägen, och Kalvhagen, i bäckbranten västerut. Allt som allt knappa fem hektar. Sju fotbollsplaner.

Boningshus och lagårdsbyggnad ligger på den höjdrygg som delar odlingsmarken mitt itu. Ursprungligen ett fäbodställe, farfar Emil och farmor Anna köper och flyttar hit någon gång kring 1910. Länge bor man kvar i den gamla fäbodstugan. Inte förrän i mitten av trettiotalet byggs det nya huset.

Jordbruksfastigheten Hov 3:11. Byn Hjässberget. Om det nu kan kallas för by. En öppning i skogslandskapet. Några gårdar man knappt hinner notera innan man passerat. Ett par mil från stan. Åt fel håll, mitt emellan de stora älvdalarna. På skogen. Vägarna hit ett stående – och dåligt – skämt. Från femtiotal till nittiotal. Ingen utflyktsort. Kommer man hit har man en orsak. Om man inte bara åkt vilse.

Hö

Hö. Somrarna fyllda av hö. En uttjatad, evigt återkommande följetong av hö. Från att den första hässjan sätts upp i slutet av juni, tills den sista gulnade hötappen rakas ner från det nakna hässjevirket och körs in, någon gång framåt höstkanten.

Och medan sommargästbarnen fladdrar förbi, leker, går vi – bonnungar, småbrukarungar – tjurigt bökande i hö, dag efter dag, vecka efter vecka, från morgon till kväll. Kastar sammanbitna blickar mot himlen, hoppas på regn. Ett avbrott, en tid av frihet, ansvarslöshet. Slagregn, skyfall, helst månader i sträck, tänker vi, längtansfullt och skuldmedvetet. Syndafloder, som låter höet ruttna på backen. Och i en förlängning (som vi knappt ens vågar tänka oss) nödslakt eller utförsäljning av kor, kvigor, kalvar, av alla idisslare, och ett slutgiltigt inträde i frihetens rike – sommargästriket!

För oss framstår det hela som solklart. Jordbruk kommer man aldrig kunna leva på. Och vem – med förnuftet i behåll – vill egentligen ens försöka? Hö och kor dagarna i ända, år ut och år in. Ett ständigt slitgöra som aldrig leder någonvart. Pengarna som aldrig räcker. Den där känslan både av skuld och vanmäktig ilska när enkronorna till något biobesök – som vi tjatat oss till – långsamt plockas upp ur den slitna plånbokens myntfack.

Medan sommargästungarna springer runt med ett till synes outtömligt förråd av fem- och tiokronorssedlar nedknycklade i fickorna.

Men i ett annat ljus, med drygt ett halvt liv som perspektiv, rymmer bilden något mer. En känsla av autenticitet. En känsla av att det fanns något där som gjorde livet mer verkligt, gav det en dimension av äkthet.

Vi kan fortfarande känna det, som en ilning längs ryggraden, när vi passerar ett traktorsläp skakande hemåt genom skymningen med sin last av balat hö, stängselstolpar eller kraftfoder. En känsla av att det är vi som borde ha suttit där, nervöst tummande på ratten, kisande upp mot himlen, tankarna på allt som måste hinnas med innan nästa lågtrycksbälte vandrar in.

Det är där vi borde ha befunnit oss. Inlemmade i ett kretslopp av arbete, växande, liv, död. Slitnare kanske. Tröttare. Inte nödvändigtvis lyckligare. Men verkligare.

Bäcken

Upprinningsmarken är de högländа myrstråken västerut. Ett ådernät av oansenliga tillflöden som försynt nosar sig fram i underkant av de vassa åsryggarna, rinner samman, faller ut i en långsmal, dyigt mörk skogssjö. Härifrån hittar den en fallfåra, en förkastningsspricka. Blir hetsigare, självsäkrare, nästan övermodig. Snabbt strömmande kastar den sig utför, plöjer sig liksom sammanbitet neråt mellan branterna. Vid Hjässberget och Kvarsättdalen planar landskapet ut, tvingar den att hejda sig. Misslynt och tjurigt meandrar den sig fram, i allt snävare böjar, gräver och bökar i strandbrinkarnas moränlager, arbetar oförtröttligt på sin befrielse.

Sommartid är den grund, sinande. Strömsträckornas stenmassor stiger mot ytan, snappar luft, steker sig en stund i ljuset. Vår och höst bröstar den upp sig igen, svämmar över sina bräddar.

Någon vår i seklets början ligger halva dalgången under vatten. Ett mindre innanhav stiger upp längs de branta lägdorna. Uthus, fähus, skithus kommer hemlöst farande med de kokande vattenmassorna. Djurkroppar sköljer förbi. Annat, som man knappt vågar titta efter. Märkliga skepnader som överraskats någonstans inne i skogsdunklet,

slitits loss ur någon bergsskreva, antar man. Gråraggiga, uppsvällda, till hälften upplösta av blötan.

När vattnet sjunker undan ligger länge en frän stank över de gyttjesvarta ägorna. Men skördarna blir bättre än på många år, även om boskapen betar sparsamt och länge fnyser misstänksamt åt vinterfodret.

Nykåken

1937 bygger man det nya boningshuset. En tvåvåningskåk av typiskt trettiotalssnitt: brutet tak, spönad brädpanel, falurött med vita knutar och fönsterfoder. Två rum och kök nertill, ett rum och alkov däruppe, plus kallvind och ett antal skrubbar.

Det är barnen som bygger. På kvällar och helger, när man kan komma från. De flesta har egen familj nu.

Cirka tio år senare, på en bild från andra hälften av fyrtiotalet, finns de alla samlade framför det nya huset. Åtta söner och tre döttrar. Fredrik, Bengt, Ture, Henry, Gösta, Ivar, Bertil, Erland, Svea, Margit, Rut. Tretton stycken inalles, med farfar Emil och farmor Anna. Ingen lyckosiffra precis. Men talmagin har knappast någon större betydelse här, varken åt det ena eller andra hållet. De kommer inte att bli olyckligare än andra. Antagligen inte lyckligare heller, för den delen.

Karlarna i kostym, kvinnorna i klänning eller dräkt. De äldre av sönerna myndiga, stadiga, med oklanderligt knutna slipsar och närmast en ledig elegans i hållningen. Skulle kunna tas för affärsmän, relativt framgångsrika. Ja, utan större svårigheter smälta in på ett foto från något storföretags styrelserum. Det är inga uppklädda bondtölpar som vänder sig mot kameran. Förråds de av något är det av händerna: de breda, tumstela hantverkar- och kroppsarbetarhänderna, ovana vid sysslolöshet, som lite tvunget vilar på något knä eller till hälften sticker upp ur en kavajficka.

Ålders- och utseendemässigt är det en brokig skara. Nära tjugo år mellan de äldsta och de yngsta. Några av sönerna ljusa, redan tunnhåriga, medan andra tydligt visar upp det vallonska arvet: kolsvarta, ostyriga kalufser och en märkbart mörkare pigmentering.

Av de tre döttrarna är den yngsta den som nästan utmanande avviker från de övriga. Dräktjacka med breda slag och vadderade axlar. Ett collier kring den smäckra halsen. Det långa håret konstfullt uppsatt. Ansiktet blekt, med klassiskt rena drag, nästan självlysande vackert. De lätt neddragna mungiporna ger hennes utseende en anstrykning av melankoli. En tragisk skönhet, en Anna Karenina, mitt i den mellannorrländska småbrukarverkligheten.

Farfar Emil och farmor Anna sitter längst fram, med barnaskaran runt om. Omslutna av detta överflöd av söner och döttrar. Emil redan märkt av sjukdom. Det är kräftan som äter honom inifrån, som en rovstekel. Inom det närmsta året skall han vara borta. Kroppen hopsjunken där han sitter, kramande en silverbeslagen kryckkäpp med de breda händerna. Ändå kan man se att han varit en reslig karl. I sin fulla längd antagligen gott och väl lika högrest som de längsta av sönerna. Håret fortfarande svart, trots att han är i sjuttioårsåldern.

Farmor Anna är däremot redan en bild av ålderdomen. Kutig, tunn, vithårig, med de smala händerna stillsamt samlade i knät. Hon kommer att leva i ytterligare drygt tjugofem år, utan att egentligen förändras. Ja, snarast kommer hon att verka yngre, årtionde för årtionde, livligare och ljusare, till slut nästan genomskinlig. Och alltid en gåta. Om sig själv berättar hon litet eller ingenting. På mannens sida finns ett yvigt, nästan oregerligt berättande, hos henne tystnad. Som om hon tycker att det pratats nog, mer än nog.

De båda äldsta barnen sitter på varsin sida av föräldrarna. Intill Anna finns Svea. Kraftig, mörk, utstrålande ett slags sträv moderlighet. Rak i ryggen, det svarta håret bara lätt permanentat. Trots småleendet på läpparna finns det något både reserverat och myndigt hos henne, en självklar auktoritet. Skulle någon gälla för att vara överhuvud i det här sällskapet är det helt klart hon.

Erland sitter närmast farfar Emil. Han är i fyrtioårsåldern nu. Ansiktet känsligt, närmast vekt. Ja, det finns något vekt, sökande över hela hans gestalt, trots den axelbreda, resliga kroppen. Han tycks böja sig lite inåt mot Emil, bröstkorgen nuddande faderns skuldra, som om han sökte stöd där. Det är han som skall ta över stället, mer eller mindre mot sin vilja. Han är byggnadsarbetare, snickare, med egen kåk neråt Siljehållet, men ensam med en nästan tonårig dotter sedan första frun avlidit. Här har han redan träffat Inga-Britt, han skall snart vara omgift, med en ny familj på gång.

Han är kanske inte den mest lämpade jordbrukaren, men som sagt den äldste sonen, den som ansvaret faller på, vare sig han vill det eller inte.

Så kan man se på bilden. Med litet bakgrundskunskap om de avbildade läsa in något av deras personlighet och liv i ansiktsuttryck och kroppshållning, låta dem träda fram som individer.

Men egentligen säger bilden naturligtvis inget av allt detta. Ingenting om deras tankar, drömmar, egenskaper, deras framtid eller deras förflutna. Det enda den säger är att här finns de just nu, frusna i tiden, denna försommardag (tidpunkten kan avläsas på det späda lövverket hos björken som skymtar i bildkanten), framför det hus de byggt åt sina föräldrar.

Det skulle kunna vara vilken småbrukarsläkt som helst. Det är inget speciellt med dem. Inte mer än med andra. Vanligt folk. Lika vanliga som alla. Och lika gåtfulla.

Hässjor

Det finns något tidlöst, något av urtidsdjur över dem.

Raggiga kreatur som kommit ut ur skogen, överraskats, stelnat inför det oväntade. Nu står de där, i kutande rader, envist stirrande framför sig. Stinna, fullmatade. Magrare framåt hösten, slutligen bara benen. Grå benhögar i lägdkanter, vid odlingsrösen, mot ladväggar.

Hässjor. Slåtterlandskapets nostalgiska emblem. På nordiska breddgrader dyker de upp någon gång under århundradena runt Kristi födelse. En långsam klimatförsämring med kalla snörika vintrar gör att boskapen måste stallas upp under vinterhalvåret, vinterfoder samlas in och torkas, innan det ladas. Slåtterbrukets historia tar sin början.

Skogsdjur. Man kan tänka sig att de första ställningarna för en torkning av höskörden helt enkelt är naturliga sådana. Buskar och lågväxta träd i ängslandskapet där höfången kan hängas upp, bredas ut. Därefter tar tekniken vid. Konstruktionerna avlöser varandra, förfinas.

Modellerna kan variera. Från trakt till trakt, eller beroende på användningsområde. Störhässjor, stånghässjor, dubbelhässjor. Lövhässjor, myrhässjor, kornhässjor, ärthässjor.

Ändå förblir prototypen märkligt intakt, århundrade för århundrade. Enkla, stående ställningar som skyddar mot regn och ger maximal avrinning, tillåter fodret att torka under nästan alla förhållanden.

I nära två årtusenden kommer de att finnas kvar, i någon form. En seglivad relikt, som inte försvinner förrän in på 1900-talets andra hälft.

Och de ger sig inte frivilligt. Bedriver ett utdraget försvarskrig, mot skulltorkar, höpressar, plastbalar. Retirerar taktiskt, år för år, till allt magrare jordar, tills de slutligen når en gräns. Möter barrskogen, på frammarsch igen, smälter in i skogslandskapet, återvänder till sitt ursprung.

Men det är kanske inte bara hässjan som försvinner. I en förlängning kan man här också skymta slutet för småbruket som helhet.

Det ironiska inträffar att den moderna teknik som äntligen lyfter bort huvuddelen av det fysiska råslitet också sveper undan förutsättningarna för själva näringen. Mekaniseringen, industrialiseringen, de allt högre investeringströsklarna gör att småbruket inte längre blir något egentligt alternativ, inte ens för månskensbönderna, deltidsbrukarna, på marginaljordarna.

Här och var kan man fortfarande skymta dem. Alltid på undanskymda, otillgängliga marker. Och alltid i närheten av skogen. Eftersläntrare, skilda från flocken. Bligande under lugg upp mot skogsranden. Det skall inte dröja länge innan de äntligen är framme.

Hästen

Hästen är det första djuret. Den hamras ut ur en vind av någon tidig gudom, som senare sjunker in bland skuggorna, glöms, suddas ut, tills det som slutligen återstår av honom enbart är ett ögonblicks tystnad. Ett knappt märkbart tomrum eller en tvekan i inledningen till några myter på ett länge dött språk.

Men hästen finns kvar. Går i tjänst hos nya gudar, som också de skall glömmas, vittra ner och försvinna, driva bort som damm över stäppernas gräshav.

Den stiger upp ur floder och sjöar, skummande vit och grönögd. Eller betar i kolsvarta hopar på gräsmarkerna vid någon nedgång till underjorden. Drar solens brinnande vagn över himlavalvet. Rids av en blodtörstig och enögd gubbe genom de risiga skogarna i norr.

Men alltid med något undflyende, oåtkomligt i den töckniga blicken. Det finns ett avstånd där, som talar om att den egentligen inte tillhör någon, varken gudar eller människor. Djupast därinne är den fortfarande vind…

Erland är uppväxt med hästar, liksom genomsyrad av dem. När han berättar om hästar genomgår han en gradvis förvandling. Kanske inte direkt till häst, men – jo – något av häst träder nog fram. Han får något vigt och samtidigt fullständigt avslappnat, oberört över sig, som muskelspelet hos en häst i lösgång. Ansiktet med den kraftiga, böjda näsan tycks bli längre, mer utdraget. Skrattet frustande, gnäggande.

Han lutar sig bakåt, blicken kisande, fjärrskådande, låter dem ta gestalt, komma skrittande, travande, fnysande...

Rent praktiskt, i hans sätt att förhålla sig till och handskas med hästar, finns det något intuitivt, självklart. Sällan någon öppen känslosamhet, varken åt det ena eller andra hållet. Snarare ett slags distans, något av ett resonerande mellan jämlikar. När han ordnat seldon och remtyg kan han en stund bli stående orörlig intill hästen och man får en känsla av att det pågår en ordlös argumentation, där de båda ömsesidigt granskar och värderar varann, diskuterar vad som skall göras, vad som är önskvärt och vad som är möjligt, och efter en del dividerande möts på halva vägen.

Därefter återvänder de till sina respektive världar. Hästen till sin hästvärd, mannen till sin småbrukarvärld.

Han reflekterar sannolikt inte mycket över den här förmågan, ser den som något naturligt, förvärvat genom erfarenhet. Ändå skall en betydande del av hans liv förflyta utan hästar. Från tjugoårsåldern arbetar han mer eller mindre stadigvarande på byggen, skaffar familj, bygger eget neråt Siljedalen, inte långt från stan. Visserligen jobbar han av och till i skogen vintertid, men han är närmare fyrtio innan han slutgiltigt återvänder till småbruket och hästen, övertar stället uppe i Hjässberget.

Någon lantbrukare blir han egentligen aldrig. Det finns en kluvenhet där, över att tvingas återvända till något han redan tycker sig ha lämnat. En likgiltighet, som om det hela är något som inte riktigt angår honom.

Med hästarna är det en annan sak. Där finns aldrig någon tvekan, osäkerhet, tvärtom. Det är ett landskap där han rör sig med ett slags självklar, suverän auktoritet. Som när han går in mellan de kavande framhovarna på en uppspelt unghäst, griper den med en hand över näsborrarna och resolut drar ner den på backen igen.

Traktor skaffar han inte förrän långt in på sextiotalet – en begagnad Ferguson. Och den blir aldrig mer än ett komplement. Ett fraktredskap för mindre kvalificerade uppgifter. För Erland fortsätter hästen att vara det primära, det nav som hans värld vrider sig kring. Naturligtvis inser han att den tillhör det förgångna, men det rubbar honom inte. Antagligen har han redan börjat se sig själv ur samma perspektiv.

Från början av sjuttiotalet finns en ansökan om förbättringslån för fastigheten Hov 3:11. I kolumnen för övriga tillgångar har han med sin slängigt eleganta handstil noterat: En häst. Ingenting annat. Inga yttre inventarier, bankmedel, kontanter, etc.

Man skulle kunna uppfatta det som ett slags sarkastisk grimas. Men antagligen har han inte haft en tanke åt det hållet. Det är helt enkelt ett konstaterande. Han har uppgivit det viktiga. En häst. Mer behöver inte sägas.

När han dör – ett drygt tiotal år senare – är han följdriktigt också på väg ut till stallet.

Det är i pingstveckan, tidig morgon. Allt stannar plötsligt upp, världen rämnar, upphör att existera. Han segnar ner i gräset, drabbad av en massiv hjärtinfarkt. Blir liggande raklång, på rygg, några meter från stalldörrarna.

Det finns ingen i närheten. Utom hästen, som rör sig oroligt därinne i stallbyggnaden. Vädrar efter hans lukt, slår mot väggarna, frustar, skriar, av törst och längtan.

Ben

En man hittade en liten näverask, instucken under ett stenblock. Det var på norrsidan om ett myrlänt område som i folkmun hette Kallråt. Hur länge den legat där gick inte att säga. När han öppnade den fann han några benbitar och ett tvinnat band, svartnat av ålder. På bandet ett antal enkelslagna knutar, med jämna mellanrum. Tio stycken, när han räknade dem.

Det var på förhösten. Han var ute för att titta efter bär, men sin vana trogen hade han mest ögon för skogen. Det fanns en stripa gammelskog kvar där, upp mot en tvärbrant bergklack. Det var som att gå i ett främmande land, i en främmande värld. Ja, eller som att röra sig inuti något uråldrigt byggnadsverk, där det på något sätt kändes som om man var en inträngling, en utanförstående. På andra sidan myren, hemåt, var det mest hyggen och nyplanteringar. Gran- och tallpinnar som älgarna skalat uppifrån.

Han hade satt sig ner, med ryggen mot stenen. Kasat ner i mossan, tagit mot sig och fått asken i näven, nästan som om den hoppat upp i hans hand.

När han kom hem ville minsta flickan låna den, ha den att leka med i dockskåpet. Han lät henne hållas ett tag, innan han tog tillbaks den.

Ställde upp den ovanför öppenspisen i stora rummet, tillsammans med annat som samlats under årens lopp. En björkvril som liknade en ruvande fågel. Några gamla handsmidda dörrbeslag. En halvt sönderrostad nyckel som farsan grävt upp på femtiotalet, så stor att den måste ha krävt ett lås av ett dasslocks format.

Det var bättre att asken stod där, kände han, utan att riktigt kunna förklara varför.

Det var efter det här som det började.

Ingenting som hände med en gång. Inga katastrofer som plötsligt inträffade. Småsaker mest, förtretligheter, sånt som händer. Trassel med ungarna, de båda äldsta, som gick i skolan. Skolk och snatterier. De fick åka i skytteltrafik för att tala med lärare och andra. Och han hade alltid haft svårt att säga från, aldrig tyckt om att rya och skrika. Sen, när det hela nådde en gräns, som nu, kunde vreden komma med en kraft som nästan skrämde honom. Och Gittan gick emellan, vände sig mot honom, anklagade honom, tyckte han, som om det som hänt varit hans fel.

Bagateller egentligen, det redde ju upp sig, så småningom. Men det var som om det inte fanns något slut. Det kom annat.

Någon räkning som blivit bortglömd låg och tickade skyhög dröjsmålsränta. Och sen, när han väl betalt, fick de ändå påstötningar från ett inkassoföretag. Diskbråcket han haft sen brottningen gjorde sig påmint igen, vissa morgnar kom han knappt ur sängen. Allt staplades på varann, det ena efter det andra.

Och i början av april slog Gittan runt med bilen. Det hade frusit på och kommit nysnö. Bilen gick rakt fram i en kurva strax efter ett nedförslut, voltade ett par gånger och hamnade på taket. Hon hade ingen hastighet att tala om och kunde krypa ur nästan utan en skråma, men åt bilen var det inte mycket att göra. Det skulle ordna sig med det också, de hade ju helförsäkrat. Men efteråt for hon plötsligt ut mot honom:

– Det enda du bryr dig om är den där djävla bilen, hur det kunde ha gått med mig det skiter du i!

Han försökte protestera, men hon lyssnade inte. Det är chocken, tänkte han. Det är nåt hon måste få ur sig bara. Det går över.

Men även om hon lugnade ner sig, var det som om något låg kvar och gnagde. Hon blev sammanbitnare, tyckte han, avvisande. Nästan fientlig. Som om han gjort henne något. De kunde knappt prata längre. Det var som om en hinna, en osynlig vägg, kommit upp mellan dem.

I slutet av månaden blev Anna – lillflickan – sjuk. En förkylning som inte ville släppa, verkade det som. Ingen nämnvärd feber, men till slut bara låg hon där.

En ingivelse fick honom att gå bort till öppenspisen och titta efter. Asken var borta. Han hittade den inne i dockskåpet, efter en stunds sökande. När han frågade flickan skakade hon bara på huvudet. Nej, hon hade inte lagt den där. Han visste inte vad han skulle tro. Om hon inte vågade säga det, eller om hon bara glömt.

Det var en söndagsförmiddag. Han tog asken i fickan, gick ut och satte sig i bilen, utan att säga ett ord till någon, åkte vägen upp mot Kallråt. Skogsbilväg, knappt framkomlig efter tjällossningen. Han blev tvungen att ställa bilen ett par kilometer längre ner, gå till fots.

Inne i skogen var marken sugande och tunggådd. Fläckvis låg snön fortfarande. Smutsgula snölegor under träden och i skuggiga norrlägen. Ute på myren gick det knappt att ta sig fram, öppna vattenstråk som han fick zick-zacka sig runt. Det tog honom dryga timmen att tillryggalägga en sträcka som man i vanliga fall gick på en kvart.

Och när han väl kom över myrmarken och upp mot bergklacken kunde han inte känna igen sig längre. Det var som om han aldrig varit där förut. Av stenblocket såg han inte en skymt. Och något tycktes hålla mot, stöta honom från sig där han gick. Gång på gång upptäckte han att han vänt, var på väg neråt igen, mot myren och vägen.

När han kom tillbaks till bilen var han genomsur av svett, andades tungt. En svidande värk i bröstkorgen, blodsmak i munnen. Asken hade han fortfarande i fickan. Han visste att han bara borde kasta den från sig, men något hindrade honom, gjorde det omöjligt. Han fick helt enkelt inte.

– Den kan du inte lägga tillbaks. Har man en gång flyttat på den så vill den inte tillbaks…

Alvar Jonsson betraktade asken, utan att ta i den. Jämngammal med farsgubben, om han hade levat. Mamman hade varit synsk, påstods det. Andra i släkten också. Och Alvar själv hade gått med slagruta, när han fortfarande kunnat röra sig ordentligt, det visste han.

Inte för att han trodde på sånt, inte för en sekund. Men vad skulle han göra, vem skulle han vända sig till? Vem skulle han i annat fall fråga?

– Vad är det för nåt? frågade han och körde fram asken. Vad i helvete är det!

Men Alvar tog ett halvsteg bakåt, som om han inte ville komma för nära.

– Den ska i eld eller vatten, sade han bara. Om du vill bli av med den. Men den måste matas först. Brukade man säga. Den ska matas. Med levande ben. Annars går det inte. Annars kommer den bara igen…

Vansinne, naturligtvis. Tokerier. Sånt som det knappt var värt att skratta åt ens. Ändå fanns det liksom aldrig någon tvekan inom honom. Det hela var glasklart, vad han skulle göra, som om något inom honom bestämde och handlade utan att han kunde göra något åt det. Han bara fanns där och såg på.

Han körde hem, ställde bilen utanför garaget, gick in i redskapsboden, plockade ner snickaryxan, prövade eggen med tummen. När han kom ut igen satt lillkattan och putsade tassarna en bit från dörren. Han stannade till, kastade en blick på henne och var tvungen att dra på munnen, när han såg henne stelna till och så försvinna som en blixt bort längs uthusväggen.

Han fortsatte bort mot vedbacken, ställde sig där, blundade, andades djupt, innan han tog ett par steg framåt. Omsorgsfullt placerade han vänsterhandens lillfinger på huggkubben, försökte vinkla det så långt in som möjligt.

Allting overkligt. Ett slags mörker i luften, tyckte han, trots att det fortfarande var tidigt på eftermiddan. Gråkallt och lågt till tak, som en novemberdag. Han kände sig illamående, nästan spyfärdig. En klump som for upp och ner i halsgropen. Så tog han ett kort andetag, lyfte yxan.

Och just här insåg han att det var en dröm. En av dessa snärjande, kvävande drömmar som det tycks näst intill omöjligt att vakna ur. Så intill förväxling lik verkligheten att det egentligen inte går att skilja dem åt. Det enda man kan göra är att vänta. Vänta ut den. Bara vänta.

Med yxan balanserande i luften över den högra axeln visste han detta. Himlen ovanför plötsligt rensopad, blekblå igen, som på morgonen. En lukt av späd grönska i luften runt honom. Och för ett ögonblick var han helt lycklig, liksom tyngdlös, som om allt lyfts från honom. Yxeggen fanns däruppe ovanför hans huvud. Det kändes som om han själv, hans kropp bara var ett streck, en linje, dragen från yxskaftet. Eller som om han var själva rörelsen. Avstannad, vilande nu. Han befann sig någonstans där allt var möjligt. Han behövde bara vänta. Allting var möjligt.

Pinjeträd, popplar, cypresser

En s.k. B3-skola. Intagning vartannat år. Ena året är vi ettor, treor, femmor. Nästa tvåor, fyror, sexor. Sjundeklassen och den frivilliga åttan går man nere i samhället eller i stan.

På sextiotalet försvinner systemet, tillsammans med hela den gamla folkskolan. Enhetsskolan kommer och senare grundskolan. Reform på reform. Då är skolan redan indragen, skolhuset sålt till en konstnär – traktens enda kulturella insats.

En stor tvåvåningskåk i trä. Faluröd, naturligtvis. Grusplan på framsidan, en sluttande björkbacke bakom huset, åt söder. Åkermark runt om. Men skogen är inte långt borta. Ovanför landsvägen, som löper tätt förbi, tar tallmoarna vid; en bit högre upp skjuter Stenbäcksberget rygg.

Vi är femton elever. Bonnungar, småbrukarungar. Men också barn till byggnadsarbetare, verkstadsarbetare, en slakteriarbetare, någon småföretagare. Ett klassrum för alla. Läraren bor i den lärarbostad som finns inrymd i byggnaden. Matbespisning i källarplanet. Gymnastiksal på övervåningen, där det också visas film eller bildband på vinterkvällarna.

Mestadels är det någon frikyrklig rörelse som står för programmet, låter oss ta del av bilder från det uppoffrande arbetet bland hedningar och vilddjur på den svarta kontinenten. Vi sitter bänkade i mörkret, spänt uppmärksamma, hoppas på en skymt av några bara bröst, eller i vart fall ett rytande lejon. Sviks förhoppningarna finns ändå kakorna och saften, som av någon anledning alltid serveras sist, i sämsta fall efter andakt och psalmsång.

Ett rött skolhus i en björkbacke. Lekande ungar utanför. Magistern på trappan ringande i sin klocka. Några kor som råmar från Östlings beteshage.

En idyll. Som tagen ur Folkskolans läsebok. Förnöjsamhet och flit. Ordning och reda.

Och visst råder det ordning. Vi håller oss i skinnet. Skolagan är ännu inte avskaffad. Den kommer sällan till bruk, men vi vet att den finns. Och bakom den något annat: makten, överheten, som inte bär sitt svärd förgäves, det vet vi också. Så vi håller oss alltså i skinnet. Små ögontjänare som bockar och niger för magistern och än mer för överlärare Tjärnström när han dyker upp på inspektion (vi vet hur han en gång släpat en tjurig missdådare i örat tvärs över skolgården). Medan vi på rasterna, utom synhåll, frossar i berättelserna om storvuxna sjundeklassare som satt foten i arslet på misshagliga lärare, hängt upp dem i skjortkragen från en klädkrok i någon skolkorridor, lämnat dem där, halvkvävda och sparkande.

Det finns en annan ordning. Mörkare, fördold. Den pratar vi inte om. Ändå vet vi att den är den viktigare. Det är den som bestämmer vilka vi är. Flockens ordning. Nyckfull och samtidigt kristallklar, obönhörlig. Ibland skyddar den oss, sluter sig om oss som en knuten näve, gör oss nästan osårbara. Ibland vänder den sig inåt, hittar ett offer, en svaghet hos någon som inte kan tolereras, som måste bestraffas, utan medlidande och gränser, med alla medel.

Flockens ordning. Den bygger på styrka och slughet. Och tystnad. Frågar man oss vet vi inget. De vuxna – föräldrar och lärare – tillhör en annan värld. De kommer aldrig att få höra något och vill väl heller inte. De har sitt. Det de en gång vetat har de glömt. De är trötta, bortvända, tunga av arbete och vardagsliv. De vet inget om oss.

Detta är vårt, på gott och ont. Vår ordning. Vi plågar och plågas. Leker, men med ett allvar de vuxna inte kan föreställa sig. Rör oss över ett slags befriat område där det inte går att få tag på oss. Vi försvarar oss, håller oss undan. Ett stim småfisk som blixtsnabbt rör sig över en grusbotten, dyker upp och försvinner igen.

Inne i klassrummet förvandlas vi. Blir stumma, lite tröga. Det är en balansgång som gäller här. Inte utmärka sig, varken åt det ena eller andra hållet. Inte göra sig till, dra till sig flockens vassa blickar. Och samtidigt akta sig för att få den totala dumhetens stämpel i pannan. Göra det man måste, inte mer.

Färgläggningsböckerna, för roliga timmen eller om man blivit klar med någon uppgift före de andra, blivit sittande sysslolös. En färgbild som förlaga på den ena sidan och en konturtecknad kopia på den andra. Åkrar med gula sädesskylar, klarblå himmel och flammande lövskog i bakgrunden. Eller ett medelhavslandskap med slanka popplar och pinjeträd, cypresser, böljande kullar, hus av sten, en makligt rinnande flod i fjärran.

Det är enkelt. Man behöver bara fylla i. Det går knappt att misslyckas.

– Det är bra. Färglägg ut till kanten där bara...

Vilket vi gör. Noggrant. Ända ut till kanten. Förlagans färger når naturligtvis aldrig de bleka vaxkritorna upp till, men det blir i alla fall grönt eller rött eller blått. Mer förväntar man sig heller inte av oss. Inga mästerverk, ingen originalitet som får betraktaren att plötsligt haja till. Men arbete, samvetsgrant, pliktskyldigt.

Vi vet det. Vet att det är därför vi sitter här. Några års väntan innan vi skall ut på åkrarna (de som nu finns kvar), ut i skogen, ut på fabrikerna, ut i verkstäderna. Eller till vårdjobben, kontoren, konsumkassorna. Ingen väntar sig något annat.

Vi låtsas inte om den uppmuntrande klappen på axeln. Nickar bara och färglägger lydigt. Ser på landskapet med de svalt gröna popplarna, de mörkare pinjeträden, kullarna som försvinner i ett blått dis... Stenhusen. De ser kalla ut. Men det blir förstås aldrig riktig vinter där... Och den mörka floden, där man skulle sätta ut ståndkrok om kvällarna, eller bada, glida ut i det ljumma vattnet, simma i skymningen...

Man vet ingenting om oss. Och vi kommer inte att avslöja oss.

Fåglar

Det är ingen glesbygd, i egentlig mening. Några mil ner till stan, som stadigt växer. Om ett antal årtionden har antagligen förortsbebyggelsen krupit ända hit. Villasamhällen, radhusområden. Eller överklassreservat med hästgårdar, artdeco-villor insprängda i barrskogen, golfbanan på gångavstånd.

Men ännu är det glest, avsides, tyst. Mest skog och risiga hyggen, berg, bäckar, myrstråk, smala vassögda sjöar mellan branterna. Här och var stripor av odlad mark, brukad av några man sällan ser till. Halvt overkliga skepnader som dyker upp några timmar i gryning och skymning, eller på helger och nätter.

Ett randområde, sent uppodlat. Egentligen inte förrän under artonhundratalets senare hälft, när jordbruks- och nyodlingsexpansionen spiller över också hit. Gammal fäbodmark och utslått byter skepnad, drar på sig småbrukarmunderingen. Men fortfarande en utkant, alltid litet vid sidan om. En fattig kusin. Litet magrare, senigare, gråare. Tjurigt och sammanbitet blängande neråt älvdalarnas nästan skamlösa överflöd och bördighet.

Vilka är de då, dessa torpare, småbönder, småbrukare, som dyker upp här mellan granarna, rör sig över fodervallar, åkrar, hackslåttsmarker under ett drygt sekel, för att efterhand försvinna igen?

En del kommer från trakten, från landskapet. Från andra småställen, med samma ungskockar och moränjordar. Andra har längre väg, kommer söderifrån med trävaruboomen till sågverksdistrikten. Eller norrifrån. Eller västerifrån och österifrån. Driver vidare inåt landet. Köper avstyckade dagsverkstorp och fäbodställen. Skaffar kreatur, odlar upp, bygger till. Inte för att man kan leva på det. Inte än i varje fall. Men en gång... Än är det binäringar som gäller. Och binäringar till binäringar. Skogen och flottningen. Sågverken. Anläggningsarbeten. Männen borta i omgångar, stora delar av året, och kvinnorna blir de egentliga odlarna, småbrukarna.

Senare blir det massafabrikerna och byggjobben som står för inkomsterna. Och nu har jorden alltmer glidit i bakgrunden, förlorat i betydelse. Det finns ett slags outtalad samstämmighet här: det kommer inte att ordna sig, inte här i alla fall, inget lyckorike på andra sidan backkrönet, bara samma uppförsbacke, samma dubbelarbete.

En del stannar kvar, andra drar vidare. Flyttvågorna går. En tid till Nordamerika: USA och Kanada. Kåkarna står plötsligt tomma, tillbommade, medan slyskogen nosar sig in över odlingarna, återtar sina förlorade domäner. Senare blir flyttvägarna kortare, storstäderna i Syd- och Mellansverige. Eller bara något annat samhälle längre neråt kusten. En flyttfågelsvärm som slår sig ner och lyfter igen.

Det finns något flyktigt över dem, dessa småbönder, halvbönder, kvartsbönder. Något obeständigt, undanglidande, vindlikt. De låter sig inte så lätt bestämmas, sorteras in. En irriterande benägenhet att slinka undan när katalogiseringen skall göras. Vara någon annanstans, syssla med något annat. De sätter sig på tvären, har inte tid, har annat att stå i. Ruskar på sig, rycker på axlarna, försvinner ur sikte.

Någon gång kan de stanna till, sno runt, betrakta oss en stund med något både roat och uppfordrande i blicken. Vad är det ni vill veta? säger de. Vi levde. Fanns till. Gjorde det vi skulle. Mer eller mindre. Det är det viktiga. Att vi fanns. En tid. Vi var verkliga! Som kött och ben och sten och jord och blod och skit! Vi fanns! Mer behöver ni inte veta...

Fasa

”Det största djur jag har skåte, det är en skräddar. Och för det har jag redan lidit.”

Hans yttrande när han vid något tillfälle står instämd för olaga jakt på älg. Och det är ingen lögn, i vart fall inte det senare. Att han jagat en vettskrämd skräddarmästare tvärs över Huljeskogarna, när denne dristat sig in på den hjortronmyr han betraktar som personlig egendom. Och dessutom bestrukit skräddarens bakdel med ett antal hagelskott och blivit vederbörligen dömd för det hela. I hans egna ögon något lika orättmätigt som anklagelserna för tjuvjakt.

”En som sitter på arslet för jämnan kan gott behöva lite massage, det kan väl snarast ses som en välgärning.”

Detta är den skämtsamma, nästan gemytliga bilden. Anekdoterna som valsar runt ännu långt efter hans död. I livet finns det inte mycket av gemyt kring honom.

Fasan.

Öknamnet stör honom inte, tvärtom. Ja, det är inte osannolikt att han själv myntat det. Och småleende och kisande kan han hänvisa till den egna kåken – med den förskrämda ungskocken, hustrun som en skugga – som ”Fasahuset” eller ”Fasans boning”.

Undersätsig, med kallblå ögon och en blick som aldrig riktas direkt mot den han talar med. Rösten lågmäld, spinnande. Han sprider osäkerhet kring sig. Och en skräck som inte står i någon rimlig proportion till hans oansenliga yttre.

Men man vet vad han är i stånd till.

Struntsaker, bagateller, något man inte ens behöver vara medveten om att man sagt eller gjort kan utlösa hans vrede, ge upphov till hämndaktioner som kan sträcka sig i stort sett hur långt som helst, både i tid och omfattning.

Någon får en kniv i ryggen inne i dunklet i sin egen lagårdssvale. Andra hittar kreaturen döda och lemlästade ute i beteshagarna. Eller ser sina uthus och lador gå upp i lågor.

Utan att det någonsin går att säkert binda honom till det som hänt.

Det finns något ogenomträngligt hos honom. Inga öppningar. Inget sätt att hitta en väg till något *innanför.* Allt studsar mot honom, rinner av.

Han är något främmande, väsensskilt. Tycks röra sig i en annan verklighet, en annan värld. Dunkel, gåtfull, glidande.

Som i berättelsen om madrasserna.

Han är på väg hem från samhället när hästen plötsligt stannar, blir stående orörlig. Det är i Dansarbackarna, upp mot Mosjön, med Mosjöbergets tvära vägg på den ena sidan vägen, branten utför på den andra. Senhöst, redan mörkt. Och han vet med ens att något skall hända här. Det är inte bara hästens sätt att tvärt göra halt. Det finns något i själva luften som säger honom det. Den känns stickande och tjock, som inför ett åskväder.

Ur mörkret lösgör sig skepnader, former. Ljusa, självlysande mot den nermörka skogen. De kommer farande nerför bergssidan med en närmast overklig hastighet. Rullande eller studsande. De tycks mjuka, fjädrande, rektangulära till formen.

"Som madrasser. En sjuhelvetes massa madrasser", berättar han lakoniskt.

Han tycks egentligen inte se något märkligt i denna plötsliga flodvåg av madrasser som väller ner mot honom. Noterar istället torrt storleken: "sex och trekvarts fot, gånger fyra" – och det klafsande, smackande läte som hörs när de vidrör marken: "som när man dänger en kattunge i väggen".

Han vet inte hur länge han står här, medan de rektangulära tingestarna passerar förbi och över honom. Och rakt igenom. "Det kändes knappt. Nåt blött som viftade till bara." Så är det hela över. Hästen sätter fart med ett ryck, som löst ur en förtrollning.

Vad rör det sig om? Det är något alltför overkligt för att ha en förklaring. Och alltför sällsamt för att man skall kunna ljuga ihop det. Själv rycker han bara på axlarna. Men i den undanglidande, liksom flytande blicken finns något belåtet, nästan triumferande, som om han fått något bekräftat.

Man håller sig undan för honom, så gott det går. Försöker kapsla in honom, lägga ett slags buffertzon mellan honom och mänsklig gemenskap i övrigt. Och han gör inga försök att tränga igenom den. Men han finns där hela tiden, som en ständig oro, ett ständigt hot. En påminnelse.

Det enda som tycks bita på honom, framkalla en reaktion, är glimten av en hänsynslöshet, måttlöshet, som liknar hans egen.

En storvuxen slaktare från Sättna som lejts för att slakta en mellankalv får ett raseriutbrott när han vägras betalning, med hänvisning till att han slaktat "fel", lagt strupsnittet fel när kalven skall tömmas på blod. ”Men den här gången lär det bli rätt i alla fall!” ryter han, griper Fasan – nu inte fullt så fasaväckande – i nackskinnet och trycker upp honom mot lagårdsväggen, lägger slaktarkniven mot hans hals, släpper inte taget förrän hustrun förskräckt kommer löpande med sedlarna i näven.

Men det förändrar i grunden ingenting. Och muntert skrockande kan han själv berätta om händelsen, som närmast tycks liva upp honom.

”Den du! Höga helvete! Det var en satan till djävel! Nästan djävligare än mig!”

Han är *det andra.* Det som inte kan förstås eller hanteras. Som inte ryms inom det vanligas, normalas gränser. Han är det som finns i utkanten, gestalten som lurar i ögonvrån, försvunnen när man vänder blicken dit. En påminnelse om det som inte kan kontrolleras, som man inte kan göra något åt. Fasan.

En sådan som måste uppfinnas, om han inte redan finns.

Kor

Kor. Vi har aldrig mer än tre fyra, ibland bara två. Någon kviga, några kalvar.

I ett tidigt, nästan genomskinligt minne går de fortfarande på skogen. Inom hörhåll, i branten upp mot Hjässberget. Kommer skumpande och juvertunga genom det silande kvällsljuset, på väg hemåt. Myggsvärmarna som en rök kring deras kroppar, där det kantiga och runda samsas i en förvirrande blandning. De beniga, nästan vassa bakdelarna, de trumstinna magarna, tungt slående juver.

Det finns något beskäftigt över dem där de kommer travande, upprört råmande, som om de utsatts för någon oförrätt och nu är på väg för att ställa den skyldige till svars. En tropp tanter, energiskt stegande fram i gruset.

Men deras ögon är vackrare än allt. Beslöjade. Sammetsmjuka. Fjärrskådande, men inåt, mot en inre, ständigt vikande horisont. Den gåtfulla tomheten i deras blickar. Inga drömmar, ingenting. Bara denna rena, lugna tomhet. Som en vattenyta, där inget rörs.

Svana. Krusa. Lisskulla. Namnen efterhängsna, en ramsa man inte kan bli kvitt. De kommer andra efter dem, men de ersätts egentligen

aldrig. När en ko dör, går till slakt, uppstår en märklig tystnad, ett tomrum.

Hästen är arbete och överdåd, i en och samma skepnad. Men kon är livet. Ur hennes kropp strömmar livet. Allt hos henne är liv. Kalvar, mjölk, gödsel, kött...

Sorgen efter en ko är lågmäld, stillsam, men långvarig. Gamla tjuder blir hängande oanvända i åratal. "Nej, låt det hänga du. Det är Svanas. Det skulle inte passa i alla fall. Så kraftig över halsen som hon var. Det är inte många som är såna..."

Och dagar, veckor innan tycks de ana slaktbilens ankomst. Dröjer sig kvar ute på betet, blir envist stående. Drar sig undan försöken till beröring, de valhänta klapparna på hals och rygg. Som om de förbereder sig, stålsätter sig.

Till en början är det Inga-Britt som har lagårn. Framåt sextiotalet, när hon börjar jobba natt inne på sjukhuset, tar Erland över alltmer. Morgonmjölkar innan han ger sig av till skogen eller till byggjobben, vår och höst. Tar också kvällsmjölkningen när han kommer hem i skymningen.

Det är handmjölkning som gäller. Han sitter med pannan vilande mot kons sida, kramar med rytmiska, smeksamma handrörelser mjölken ur spenarna. Muttrar, svär, när något av djuren kliver undan eller sparkar till. "Såså! Stå still, för satan!" Men korna tar ingen större notis om hans ryanden. Vänder bara sina stora huvuden bakåt, ger honom en nästan skälmsk blick ur de mörka ögonen, sveper lite kokett med svansen.

Mot sextiotalets slut försvinner den sista kon, och med den också det egentliga jordbruket. Det blir senare morgnar, äntligen. Men något annat förändras också. Något djupare, mer grundläggande. Erland har kanske alltid varit en halvhjärtad jordbrukare, men jorden har ändå på något sätt gjort honom tidlös, utan ålder. Åren har inte bitit på honom, inte hunnit ikapp. Nu märker han plötsligt hur de nafsar honom i hasorna. Det börjar bli sent överhuvudtaget.

Han berättar om en dröm, där en vit ko står över honom, slickar honom i ansiktet. Han ligger i gräset, hatten över ögonen. Som i slåttern, när man sjunkit ner för att vila middag en stund. Så känner han den där sträva, varma tungan över ansiktet och far upp. Nej, förresten, han kan inte resa sig. Som alltid i drömmen är det tungt att röra sig, men han måtte ha fått undan hatten, för han kan se kon över sig.

Och hon fortsätter att slicka honom. Lugnt, metodiskt, som om han vore en kalv som skulle slickas ren. Så är hon borta och han kan äntligen resa sig. När han får syn på henne igen är hon redan långt borta, på väg över bäcken. Hon går i och kommer upp på den andra sidan.

Och nu är hon plötsligt svart och större än någon ko han sett. Ändå rör hon sig mjukt, kattlikt. Han känner hur håret reser sig i nacken, i en skräck han inte kan förklara, medan han ser den väldiga svarta kon liksom glida fram genom buskskogen på andra sidan bäcken...

Inga-Britt ser på honom med något oroligt i blicken. Han skrattar, skakar på huvudet, viftar undan det hela... Det är bara en dröm, drömmar betyder ingenting, det är bara hjärnan som leker.

Men det märks att han inte riktigt tror på det. Att han vet att drömmen velat säga honom något. Att den svarta kon har kommit, att hon finns där någonstans i närheten.

I trädet

Uppe i körsbärsträdet hänger, gungar vi, brorsan och jag. Egentligen får vi inte klättra där. Det är för vekt, grenarna bryts. Dessutom är det det närmsta ett fruktträd vi har. Men just nu är det ingen som håller efter oss. Så vi hänger kvar, gungar. Lyssnar inåt huset. Något ögonblick tidigare har väggar och dörrar bågnat, gardinerna stått rakt ut för de våldsamma ljudstötarna under ett av de ständiga grälen. Nu har allt sjunkit till en lägre, tröttare nivå.

Det är högsommar, början av juli, barrskogen glänser i den flödande solen.

– Dom har slutat nu, säger brorsan..

Jag nickar. Dom har slutat, för den här gången.

Vi klättrar ständigt. I rönnen och björkarna på gården, i körsbärsträdet. I stortallen uppe vid vägen. I grova risgranar uppåt Hjässbergshällorna, där man kan se neråt stan och bukten, eller ända uppåt Norafors och de stora sjösystemen i nordväst om man vrider sig åt andra hållet. På alla tillgängliga tak. Ladtak, lagårdstak, hustak. Brorsan alltid först och högst upp. Rinner som en ekorre uppför trädstammarna, ända upp, där vinden tar tag i toppen, får den att gunga som en svajmast. Går upprätt längs taknocken på boningshuset, ställer sig vid kanten och tittar ner, flaxar lite med armarna, som om han höll på att ramla. Innan han snor runt, gapskrattande ser på mig, där jag klamrar mig fast vid stegen över takfallet, halvvägs upp.

Höjden bekommer honom inte, han tycks inte se den. Det är som om han alltid befinner sig på släta marken. Aldrig någon rädsla, han vet att han inte kan falla. Jag vet det också. Han kan inte falla, inte så länge jag är där. Det finns ett band mellan oss och så länge jag finns i närheten kan det inte brista. Det är därför jag alltid måste följa honom, som en skugga. Jag håller honom uppe. Fastklamrad vid stegen, skakande i hela kroppen, håller jag honom ändå uppe.

Erland kommer ut, kisar upp i det svidande ljuset. Han ser oss inte och vi håller tyst, betraktar honom från utkiksplatsen i trädet. Ansiktet sammanbitet, slutet. Inifrån huset hörs smällarna från köksluckor som Inga-Britt drämmer igen, någon kastrull som åker i väggen.

Vi vet att det finns något knutet, alltmer bittert mellan dem. Att det finns något tungt, liksom övermäktigt i deras liv, något som ger dagarna, nätterna, t.o.m. drömmarna en smak av leda och saknad. Det finns hos alla vuxna, mer eller mindre, tycks inte gå att undvika.

Men vi har lovat varandra att aldrig bli vuxna. Vi skall aldrig åldras och aldrig dö. Dör vi ändå skall det ske i samma ögonblick, samma sekund. Vi skall hålla ihop, alltid, följas åt, det har vi svurit på.

Att Erland och Inga-Britt kommer att dö, det vet vi. Men det kommer att ske i en framtid så avlägsen att den inte berör oss, det är inget vi behöver tänka på.

Snart kommer de att börja leta efter oss, ropa. Gå neråt bäcken, hastigt, oroligt. Vi skall sitta kvar, tysta, gungande i grenverket. Långsamt försvinna in i träet, där tiden, åren, sluter sig om oss, i varv efter varv. Därinne finns vi kvar, vända mot varandra, skrattande, medan ropen utifrån blir allt tunnare, avlägsnare.

Släkt

Erland är en av de mer infödda. Liksom farfar Emil, uppvuxen på ett båtsmanstorp på andra sidan bäcken. Men där tar det stopp, eller börjar, vilket man vill. Johan Neckolaus Bernadotte Melander dyker upp ur ett ingenting, tar värvning som indelt båtsman, knappt mer än sjuttonårig. Han får namnet Smed efter den förre soldaten, men kastar ett öga upp mot bergbranten bakom, infogar denna för att markera en viss särställning. Innan dess tycks han inte ha existerat. Varken i kyrkböcker eller indelningsverkets rullor finns några säkra uppgifter om hans egentliga ursprung.

Enligt släkttraditionen är han av adlig börd, oäkta son till en adelsman. Men trots det förpliktande dopnamnet nöjer sig myten hovsamt med en greve, någon av Flemingarna, utan att närmare specificera.

Enligt en annan version kommer han som vandrande gesäll från Värmland. Och enligt ytterligare en tredje är han bara en pojkspoling på rymmen, oklart från vad.

Släktmyten väljer självfallet den första varianten. Håller som bevis triumferande upp ett antal näsor: de framskjutande och ädelt krökta luktorgan som dyker upp i generation efter generation, kanske som ett slags kompensation för uteblivna titlar och arvegods (inte fullt så uppskattade av de kvinnliga arvtagarna).

Inga-Britt är stadsflicka, nerifrån Sundsvall. Men också i hennes fall är blodslinjen bakåt dimhöljd och mytisk. Släktens anfader kommer stövlande upp från Östergötland längs 1800-talets leriga vägar, tappar sitt namn på vägen, men hittar ett nytt. Det nya klingar exotiskt, slaviskt, och anknyter enligt myten till den ryske officer i krigsfångenskap – adelsman, naturligt! – som finns någonstans i släktens gömmor.

Här pekar man inte på några yttre attribut till stöd för mytens sanningshalt. Men väl ett inre: temperamentet! Släktens medlemmar kan vara korta och stadiga, knotigt magerlagda och uppemot tvåmetersstrecket, kritvita eller svartmuskiga, men så gott som alla är de fullständigt koleriska. En egenskap som man närmast vårdar sig om, ser som en länk bakåt till de ryska förfäderna.

Och Inga-Britt utgör inget undantag, tvärtom. Liten, mörk och intensiv, med humörsvängningar som får familjemedlemmar, husdjur och grannar att snabbt sätta sig i säkerhet när de ser tecknen på ett kommande utbrott, som inför en annalkande naturkatastrof.

De kan skratta åt det, skämta om de adliga rötterna. Adelskapet som tycks finnas i alla väderstreck, vart man vänder sig. Grevar och baroner, i parti och minut, till höger och vänster! Men någonstans finns också ett dödligt allvar. Jag är den du ser och ändå inte. Något särskiljer mig, för alltid. En adelsman har ridit förbi.

Simma under isen

Han hoppade i på andra sidan. Gick över dammvallen mot bryggan åt grustaget till, bytte om bakom några buskar där, trots att han redan hade badbyxorna under.

Storpojkarna satt vid dammluckan med ett tidtagarur. Ett par flickor också – systrar och nåt sommargästbarn. Och så småungarna, en klase.

Först tog han några simtag, så flöt han på rygg ett tag och blundade mot solen, innan han dök. Kom upp igen och trampade vatten, lät andhämtningen lugna sig, tog ett djupt andetag. Luftmängden i den breda bröstkorgen fick honom att stiga i vattnet, som en kork. Så dök han igen.

Storpojkarna hängde över dammvallen, skrek i mun på varann, stirrade på tidtagaruret. När sekunderna började ticka iväg blev de allt lågmäldare, spejade oroligt ut över vattenytan, försökte få en glimt av honom därnere i det brunaktiga dammvattnet. Så satt de helt tysta.

I en kaskad av vatten bröt han slutligen ytan mitt ute i dammen, sög vrålande in luft i lungorna. Och storpojkarna kunde andas ut, lättade, började skrika igen.

– Fan, Torgny! Det måste vara världsrekord! Säkert! Två och en halv minut! Det finns ingen annan som kan ha varit under så länge!

Han log utan att säga något, skakade vattnet ur håret, simmade bort till bryggan. Satt en stund i solen och torkade, innan han klädde på sig igen bakom buskarna.

Han var nästan arton då, fem år äldre än storpojkarna. Beundrande samlades de runt honom när han kom tillbaks över dammvallen, gick vid sidan av honom. Några av småungarna var framme och ville brottas, men knuffades undan.

– Fy fan, Togga! Är det säkert att du inte var upp nån gång, utan att vi såg?

På höstkanten, innan snön kommit på allvar, åkte de skridskor däruppe. Spelade hockey, med några pinnar eller granruskor utlagda som målstolpar. Fortsatte tills de knappt kunde se något längre i mörkret, pucken försvann mot den mörka isen. Oftast spelade han ensam mot de andra, ibland kunde han ha någon av småttingarna eller flickorna i sitt lag. Retfullt enkelt gled han förbi, lirkade in pucken mellan målstolparna.

– Du åker ju som Lill-Strimma! Du skulle ha varit med i TV-pucklaget. Eller hur, Togga? Du hade ju varit given där, om du spelat i nån klubb!

Och han log lite blygt, frånvarande, som han brukade. Snappade upp pucken och åkte mellan dem, stannade upp, åkte bakåt, sjabblade avsiktligt, tills någon med ett triumferande tjut kunde ta den från honom.

Direkt efter sjuan hade han börjat på Mekaniska, inne i stan, på lagret där. På något sätt visste han att han skulle bli kvar. Det var där han skulle vara. Även om han aldrig tänkte på det, inte på det sättet. Det var liksom bestämt, bara. Vad skulle han annars göra? Och han vantrivdes inte. Det var lugnt där, inne på lagret. Han kunde ta tid på sig. Det var det viktigaste. Blev det brått med något, skrikigt och gapigt, då kändes det som om allt bara rasade runt honom, han visste inte vad han skulle göra.

Han kunde stanna på vissa ställen – vid en vägg, i något prång, platsen där han brukade sitta på rasterna, en bit från de övriga – och känna efter, leta efter den där känslan av lugn. När han fann den log han plötsligt, rös nästan. Den var som ett vatten. Slöt han ögonen kunde han känna hur det sköljde över honom.

Fem år äldre och ändå tog det bara några år för storpojkarna att växa ikapp och förbi honom. Nu nickade de bara lite när de möttes. Längre fram skulle de skratta, skaka på huvudet, tills de slutligen knappt tycktes lägga märke till honom, som om han inte existerade.

Han åkte fortfarande upp till dammen någon gång. Simmade, dök, gled fram genom det bruna vattnet. Ibland fanns det ungar där. Han visste inte om de kände igen honom. Jo, kände igen honom gjorde de ju, här kände ju alla varann. Men de såg honom på ett annat sätt. De kunde liksom inte se honom som den han var. Och han var fortfarande densamme. Allt annat förändrades, men inte han.

Han bodde fortfarande hemma. Det var bara han och föräldrarna. Om kvällarna brukade han sitta vid fönstret i sitt rum, se ut. Landsvägen och skogen därutanför. På höstarna, innan snön kommit, var mörkret kompakt, oigenomträngligt. Knutlampan fick aldrig brinna längre än absolut nödvändigt. Och det var pappa som bestämde vad som var nödvändigt, både där och när det gällde annat. Han tänkte inte ens på att ifrågasätta det. Varför skulle han göra det?

Han tyckte om mörkret. Han kunde sitta där, drömma, låta sig själv driva ut i skymningen, lätt som en rökslinga. Förbi grannkåkarna, där det lyste i några fönster, någon var på väg ut i lagårn, stannade till, hostade, spottade i snön. Längre uppåt dalgången, upp till dammen, där isen redan låg. Så var han plötsligt nere i vattnet igen. Det var varmt där, som i ett badkar. Nästan dåsande gled han runt, vände sig på rygg, gick upp mot den glänsande ishinnan, sökte efter luftfickor tätt under isen. Tills han märkte att han inte behövde det, han behövde inte andas längre, han skulle kunna stanna därnere hur länge som helst…

Mamma kom in, stod en stund i dörren och såg på honom.

– Jaså, du sitter här och drömmer du, Torgny?

Han nickade och log mot henne. Han kunde se hur också hon förändrades. Hon började alltmer likna mormor, tänkte han, som han mindes henne. Allting förändrades, utom han.

Sömn

Dessa minuter av sömn, blytung. Det finns något rasande, vettlöst i den, något av utplåning. Männens hårda, skoningslösa sömn.

Erland i skuggan av syrenerna, en av dessa gassande, stekheta slåtterdagar. Middagstid, solen som ett rakblad, blixtrande och vass. Han ligger på sidan, näven under kinden, hatten tippad över den andra ansiktshalvan. Käkarna sammanbitna, tänderna gnisslande. Andas genom näsan, stötvis, ömsom pipande, ömsom rosslande. Ibland tycks andningen helt upphöra och han ligger där orörlig, tyst, till synes livlös. Ett stenblock i gräset. Också brorsan och jag, som iakttar honom, håller andan, väntar, räknar oroligt sekunderna. Så skakas äntligen kroppen av en väldig, stönande inandning och vi kan lättade pusta ut.

Farbror Bertil några meter ifrån honom, liggandes raklång, på rygg i gräset. Men han kan inte riktigt räknas. Hans sömn är en fågelsömn, en fjärilssömn. Ögonen rör sig oupphörligt under ögonlocken. Snart skall han vakna med ett ryck, hastigt resa sig upp, oroligt börja hasa sig runt, som för att förvissa sig om att han fortfarande lever.

Han dras med sviterna av barnförlamningen och kommer aldrig att bli återställd, ”full karl” igen. Går och hjälper till lite här och där, med sånt han orkar. Kan liksom aldrig riktigt trötta ut sig och heller aldrig riktigt vila.

Han hör inte till. Sover en annan sömn, inte männens, arbetsoxarnas. Som Erland, här under syrenbuskarna. Eller andra vi ser, runt om i trakten, utsträckta på kökssoffor, på några säckar inne i halmboden, intill hässjor och ladväggar eller helt enkelt med överkroppen tippad över köksbordet. Farbror Herbert. Gösta Håkansson. Walter Skoglund. Farbror Ture och farbror Bengt. Einar Sjölén. Severin Bergsten. Algot Wiklund. Gustav Parment. Några minuter, en kvart eller en halvtimme. Mitt på dagen, efter maten. Sovande så hårt, sammanbitet, som om deras avsikt vore att aldrig mer vakna. Ja, det finns något förorättat, något av en anklagelse i deras sömn. Här vänder de allt och alla ryggen, nästan demonstrativt, drar sig undan. För ett ögonblick oanträffbara, fria från slitet och trälandet, från gnat och stridigheter, från ungar och kärringar, från djuren och vardagssysslorna, från skatter och lån, räntor och amorteringar, från ryggvärk och magvärk och ledvärk. Fria, helt enkelt! För ett kort ögonblick.

När de vaknar är blickarna grå, tomma, lite vilsna. Och det dröjer innan de hittar tillbaks, kan komma på var de befinner sig, vilka de är. Uppmärksamt iakttar vi dem, undrar över vad som hänt dem, vad de upplevt, därnere i schakten, i de bottenlösa gruvgångarna av sömn, vad de drömt.

Då vi ser på dem får vi en känsla av att det alltid är samma sak de drömmer, allihop. En och samma dröm. En dröm om tystnad, tomhet, vila. Ett landskap av frånvaro.

Och något av detta finns länge kvar i deras ögon, deras ansikten. De vänder tillbaks, men inte frivilligt. Det där landskapet, det drar, lockar fortfarande, medan de tungt kravlar sig upp, stönande, grimaserande rätar på ryggarna, sträcker ut de stela lederna och låter verkligheten, vardagen långsamt, droppvis återvända.

Det där landskapet. Tystnaden där. Vilan.

Sjön

Han är föräldralös. Och de är barnlösa, redan medelålders. Ett torparpar. De uppfostrar honom som sin egen. Så försvinner kvinnan, spårlöst. Man hittar henne aldrig. Han är i tonåren då. Det är i början av 1900-talet.

Några år senare kommer han ner till närmaste gård och berättar att fosterfadern vådaskjutit sig till döds. Det börjar pratas i trakten, man finner det hela besynnerligt, men ingen vet egentligen något. Och brottsplatsundersökningar är ännu en okänd företeelse, i varje fall häruppe.

Han är föräldralös igen. Bor kvar på det lilla torpstället, men markerna får växa igen, byggnaderna förfalla. Så småningom försvinner han neråt stan, återvänder bara sporadiskt. Det är för svart och ensamt däruppe vid sjön, säger han. Svart och ensamt, det återkommer han ofta till.

Han drar sig fram på diversearbeten. Driver runt. Super, slåss. Långt senare, när han sitter anhållen för något småbrott erkänner han plötsligt att han skjutit fosterfadern. Legat gömd och skjutit honom när han kommit ut från lagårn. Stuckit in geväret under kroppen, försökt få det att se ut som om han snavat och vådaskjutit sig. Då har det gått över tjugo år.

Han berättar aldrig varför han gjort det. Och om fostermodern, vad som hänt henne, säger han inget alls.

Kort efteråt hittar man honom död i cellen. Han har lyckts hänga sig i några kängsnören han gömt undan.

Efter honom kommer Hansson. En gammal sjöman som gått i land. Han har letat länge efter ett ställe som det här, berättar han. Varit runt på otaliga platser, uppåt och neråt kusten. När han ser sjöns mörka öga genom tallskogen, ängarna som stupar ner mot vattnet, då vet han att han kommit rätt.

Han skaffar getter. De går på skogen eller på sankängarna nere vid sjön. Killingarna har han ofta inne hos sig i stugan.

– Det finns många faror som lurar på killingarna, säger han på sitt speciella sätt, ett språk som lutar åt det bibliska. Där finns lokatterna. Och hundarna. Och så djävlarna.

Han säger det utan att dra på munnen eller blinka menande, utan antydan om att det skulle vara några vardagliga, normala djävlar han syftar på. Kanske tror han sig veta att det finns andra, mer skrämmande demoner som stryker runt här på skogarna nattetid.

Han är lång, skranglig, med skägg och stripiga, grå mustascher. Det finns fortfarande en tydlig dragning till vatten hos honom. Långt upp i sjuttioårsåldern simmar han dagligen i sjön, från tidig vår till sent på hösten. Plöjer genom det mörka vattnet som en åldrig valross, med de grå mustascherna uppstrukna mot kinderna. När någon anmärker att han borde vara försiktigare, han är ju i alla fall ingen ungdom längre, ler han bara överseende.

– I det våta elementet klarar man sig nog, säger han. Jag har varit en styv simmare i min dar och flyter nog fortfarande en och annan meter.

För tillfälliga besökare berättar han gärna om sina år på sjön, erfarenheter som sträcker sig bakåt till de stora segelskutorna, ålänningarna som gick med virke på Australien och åter med vete. Och om sin tid i USA, där han bott ett antal år. Arbetat på olika farmer och slutat som grisskötare på ett större jordbruk, upp mot Kanadagränsen.

– Grisen är ett trevligt och intelligent djur, säger han. Och förvisso inget svin, i jämförelse med andra av Vår Herres skapnader. Dock – tillägger han med en gest mot de omkringliggande branterna av gråberg och skog – torde geten här uppe vara att föredra, emedan den livnär sig på litet och intet, vilket är ungefär vad dessa marker erbjuda...

Själv lever han på gröt och getmjölk. Huset blir med åren en allt osannolikare röra av getter, husgeråd, kläder. Plus böcker och tidningar, många av dessa på engelska, något som ses som en märkvärdighet i trakten.

Han har ytterligare en egenhet, går ofta omkring klädd i kvinnokläder inne i stugan. Och det är inget han direkt försöker dölja. Det blir varmt, hävdar han helt sonika. Inget värmer så gott som ett par ordentliga underbyxor längst in. Och ytterst, över långkalsonger och byxor, några lager kjoltyg.

– Häri ligger själva finessen, lager på lager och luft däremellan. Luften är som bekant den förnämsta isoleringen, undervisar han, som en tidig konsumentrådgivare.

Trots detta fryser han bokstavligt fast i den ålderstigna, glestimrade stugan, också den huvudsakligen isolerad med luft. En av femtiotalets kallvintrar hittar man hans stela kropp fastfrusen vid den väggfasta britsen inne i det utkylda torpet.

Så följer Fasthén och Cittra.

Fasthén är lungsjuk, märkt av tbc från ungdomen. Han säger sig vara konstnär. Allt han gör går i grått. Landskap, stilleben, porträtt.

– Det finns inga andra färger, säger han någon gång lakoniskt, drar hostande ett bloss på cigaretten.

I trakten tar man detta som en bekräftelse på att han inte kan måla, i vart fall inte förstår sig på att blanda färgerna. Eller helt enkelt är färgblind.

Kvinnan är högljudd, skrikig. Hårt målad. Håret kopparrött. Ständigt rökande, precis som Fasthén. Det ryktas att hon gått på Sjögatan. Och öknamnet skall hon ha fått efter ett tillfälligt avsteg till Frälsningsarmén, där hon satts att plinka på cittra, antagligen för att i möjligaste mån avhålla henne från att använda sina röstresurser. Men allt detta är rykten. Skvaller som går från mun till mun och naturligtvis blir allt tvärsäkrare, ovedersägligare, ju längre från källan man kommer. De *är* patrask! Skitfolk! Det vet ju alla. Super och rumlar om och har sig däruppe i den gamla torpstugan. För Gud vet vilka pengar, han säljer ju aldrig nåt av det där skräpet han målar? Det är väl hon som står för finanserna, antagligen, åker ner till stan på en "affärsresa" då och då, hur hon nu kan hitta nån som vill betala, det är ju en gåta, det borde vara tvärtom, tycker man!...

Men skvallret och blickarna tycks inte bekomma dem. Någon stryktäck skuldmedvetenhet visar de aldrig prov på. Tvärtom. Med ohöljt förakt stirrar de tillbaks. *Har ni aldrig sett folk förr, era djävla bonnkaniner!*

Och de börjar fylla huset med katter. Kull på kull, förvildade, toviga, med fritt tillträde till huset genom en lucka i dörren. Ett veritabelt samhälle av vildkatter växer fram däruppe. När folk från trakten försöker påtala det ogörliga i att ha dessa horder av katter strykande runt knutarna, hur fågel och harungar går åt, rycker Cittra rasande ut till deras försvar. Hon vet vad det hela gäller. Det är inte katterna. Det är hon, Fasthén och katterna, mot världen!

På något sätt hankar de sig fram, överlever, år efter år. Tills Fasthén slutligen hostat lungorna ur sig och Cittra blir ensam kvar. Nu åldras hon hastigt, blir tystare, magrare. Ett benigt beläte som man emellanåt skymtar utanför huset, omgiven av sina katter, också de allt magrare.

Slutligen tömmer hon sina burkar med lugnande, går rakt ut i skogen, lägger sig där för att somna in.

Sjön är långsmal, mörk, nedklämd mellan vassa bergsryggar, delad itu av ett utskjutande näs. På andra sidan midjan, längst bort i västersjön, finns en blödande sten. Man måste komma från vattnet för att se det, hur den i ett visst ljus skiftar färg, låter stråk av rött välla ut i sjön, som från ett öppet sår.

Skatter

Någonstans finns en skatt.

Det kan vara Berglundsgrabben – han som sitter inne – som grävt ner den. Det är pengarna från något inbrott han gjort och som aldrig klarats upp. Buntar av tior, femtiolappar, hundringar. Han har antagligen lagt dem i ett skrin eller en plåtburk, tätat med isoleringsband för att inte fukten skall komma åt sedlarna.

Eller så är det mynten som grävdes ner när man stoppade ryssarna uppe vid Trånghällan. Erland har berättat om det, hur man låg däruppe och prickade dem, en efter en, när de kom genom den trånga hålvägen, på väg inåt landet för att plundra och bränna ner. Slutligen vände de bara och flydde, hals över huvud, lämnade allt de kunde lämna, regementskassan också. Det måste vara hundratals år sedan, ändå får han det att låta som om det hände igår, som om han var personligt bekant med skyttarna. Ja, ibland verkar det som om han själv legat där.

Med ryssguldet är det enklare, då vet vi var vi skall leta. I någon av stengrytorna kring Trånghällan, där vet man att det ligger, djupt ner, en träkista, täckt av klappersten. Det är guldmynt, säckvis med guld-

mynt. Varför ingen hittat det tidigare – trots att det gått sekler – reflekterar vi inte närmare över. Man har väl inte letat tillräckligt, helt enkelt.

För inbrottspengarna krävs en annan teknik. Här gäller att gå på känn, liksom vädra sig fram. Gå med näsan i backen, försöka lägga märke till allt som verkar misstänkt, ovanligt. Det måste ju synas att någon grävt. Och antagligen finns det något tecken, något som lämnats för att märka ut platsen.

Vad vi skall göra med pengarna? En bil, det är det första vi skall skaffa. Det har vi redan bestämt, brorsan och jag. En ny Volvo. Eller en Opel Rekord, kanske. En sån som farbror Henry har. I alla fall ingen Saab, ingen V-4, ingen djungeltrumma. Och ingen sketen folkabubbla. En Volvo blir det nog, en ny Amazon.

Vi har aldrig haft någon bil. Erland har inget körkort heller och de gånger han kör traktor får han den att skutta fram som en skadskjuten hare. Men brorsan kan köra, han kan ratta allt på hjul. Och vi behöver inte åka ner till stan, vi kan åka omkring på småvägarna häromkring, tillsvidare. Och det är ju inte många år tills han tar lappen.

Resten av pengarna – det kommer ju ändå att bli massor över, det vet vi – skall Erland och Inga-Britt få bestämma över. Vi skall inte lägga oss i. Det mesta åker väl in på banken, men Inga-Britt som alltid velat resa, nu kan hon ju göra det! Åka ner till Stockholm och släktingarna där, hälsa på vänner från tiden hon jobbade därnere. Här finns också den hisnande tanken att hon skulle kunna fortsätta därifrån, resa vidare. Ner till Italien, kanske, Riva del Sole, semesterbyarna därnere som det brukar stå om i veckotidningarna!...

Och Erland – ja han skulle nog kunna tänka sig en ny studsare. Eller varför inte en hammerless, för småviltjakten.

Men framför allt skulle allting bli lugnare. Ett slags frid skulle sänka sig över huset, över oss allihop. Och de skulle kunna sitta där vid köksbordet, Erland och Inga-Britt, småprata, le mot varandra, vänligt. Inte ständigt hugga, anklaga och ge igen, i en monoton, aldrig upphörande kretsgång. Nu skulle de kunna vara generösare, friare. De skulle ju ha pengarna att luta sig mot.

Pengar är inte allt... Man kan inte köpa sig lycka... Det finns sånt som är mer värt än pengar... Visst känner vi till ordspråken, talesätten. Men vi vet också att de ljuger! Vi vet att i botten på varje bittert gräl, varje isande tystnad, finns en hundralapp för lite, eller en tia, eller en femma. Och längst ner skramlar småpengarna, kronor, tjugofemöringar, femöringar, sånt som ändå inte räcker till något.

Det saknas alltid en krona här, en tia där. Till remtyg eller utsäde. Till en dräkt eller en cykel. Alltid saknas det något. Ett berg av saknad, som bara växer. Men nu, med bil och pengar på banken, nu kan de luta sig bakåt, dra efter andan. Skaka på huvudet och skratta åt sånt. Skratta åt alla dumheter de hållit på med, allt det skrikit åt varandra. Fyfan, vad dum man kan vara! Nej, nu glömmer vi det där, vi tänker inte mer på det. Nej du, hädanefter så...

Och när vi är ute och cyklar söker vi av vägrenar och diken med blicken. Man skulle kunna hitta en väska full med pengar där. Eller en plånbok, svällande av sedlar. Vi vet att sånt har hänt, vi har läst om det. Och vi skulle dyka som hökar, inte tveka en sekund. Aldrig en tanke på lämna över det vi hittar till polis och myndigheter. Det är vårt, vi har rätt till det!

Vasst

Det är ljudet man skall gå efter. Stenen skall sjunga på ett visst sätt.

– Sen kan du stå där och blunda och slipa, säger Erland. Lär dig att hitta den där tonen bara.

Allt skall vara vasst. Alla eggverktyg, allt skärande. Så vasst att du knappt märker att du skurit dig, inte förrän efteråt, när hud och kött plötsligt delar sig, såret liksom gapar förvånat, blodet letar sig fram.

Ändå är skärpta verktyg att föredra. Det är värre med sånt som är slött. Yxor som slinter och far. Liar som halkar, som man måste rycka av slagen med. Det är då man kan hugga och skära sig halvt fördärvad.

Stenen är en Gotlandssten. Nedslipad, knappt större än en julost. Men den byts inte, den får duga, den räcker till. Det är ändå inte mycket som skall slipas längre. Några liar, några yxor, slåttermaskinskniven.

Själva konstruktionen är den enklast tänkbara. Ett par vinkelställda reglar mot lagårdsväggen, mellan dem stenen, trädd och fastkilad på ett järnämne som vilar i fästen av tillbockad femtumsspik, längst ut är järnet värmt och bockat i vinkel till vevarm och handtag. Vattnet kommer från en plåtburk upphängd på lagårdsväggen och punkterad med en spik, i hålet stoppar man ett grässtrå, riktar det och vattnet dryper i en jämn stråle ner på stenen.

Att slipa liar är kanske det mest krävande: låta det långa bladet glida fram och tillbaks över stenen, hålla det lätt och ändå stadigt, vakta på vinkeln, så att man inte slipar slött, rundslipar eggen. Eller kanske slåttermaskinskniven är än värre. Där skall varje tand slipas, på båda sidor och från båda hållen, vilket innebär att den långa kniven måste löpa minst fyra gånger över stenen. Och vinkeln måste hela tiden vara exakt. Ett evigt bök, som kan ta halva förmiddagen.

Men Erland skakar på huvudet.

– Det är ingen konst egentligen. Det är bara att lyssna. Man hör direkt när det tar som det ska. Det är en träningssak, ingenting annat.

Ändå är det naturligtvis alltid han som står där och slipar, medan vi andra drar. Inga-Britt. Jag eller brorsan. Runt, runt, i en evig malande rytm, tills det börjar krampa i armar och axlar. Om vi ändrar takten eller drar ryckigt grymtar han till, gör en huvudrörelse, hela tiden med ögonen halvslutna, örat mot stenen.

Ljudet talar också om när det verktyg du använder är rätt slipat.

Den klockrena, sugande tonen när en sylvass yxa sjunker in i träet och ljudet bara upphör tvärt, tycks bli kvar därinne

Det rytmiska väsandet från lien vid hackslåtten. Fooiiisch! Fooiiisch! Ibland den vassa klangen när eggen går i sten, följt av ett ögonblicks irriterad tystnad, så brynets steppande danssteg. Tjigg-tjagg tjigg-tjagg. Innan de långa svepande slagen börjar om.

Det finns en stolthet i detta, att alltid hålla verktygen vassa, skärpta. En självkänsla. Det visar vem man är. Ingen latoxe eller strulkuse som låter allt gå vind för våg. Man är någon som tar arbetet – och livet – på allvar. Någon att lita på.

Och det finns en glädje. Låta tummen fjäderlätt glida över eggen på lien, yxan, kniven. Veta att det kommer att gå lätt, allt kommer att löpa lätt, utan besvär. Det som finns runt om och över en dagligen, ekonomi, politik, väder och vind, trassel och djävulskap, det kan man för ett ögonblick skaka av sig, skjuta åt sidan. Det viktiga just nu är det vassa blänket från den nyslipade eggen, bettet mot huden när man prövar. Det kommer att gå bra idag. Allt kommer att löpa lätt, som liens slag genom dikesrenarna, lägdkanternas gräs.

Enar

Kutig och långbent. Benen tycks möta överkroppen någonstans i trakten av armvecken. Det finns något av vadarfågel över honom. Av en mer udda art, iförd gummistövlar och blåkläder. Det är i tröskningen han dyker upp, tidigt på morgonen. Det är inte ofta vi har hjälp i arbetet. För det mesta klarar vi oss själva. Och vi har naturligtvis inte råd att leja heller. Men Enar tar aldrig betalt. Han gör det för vänskaps skull. Och för nöjet.

– Det blir lite omväxling, säger han och ler snabbt. Man kommer ju hemifrån.

Då ler man tillbaks, nickar, i ett tyst samförstånd. Tänker på hans lagvigda därhemma, med tunga som en blåslampa.

Han är en bra bit över sjuttio, men fortfarande vig, rörlig.

– Enar, det har varit en arbetskarl! säger Erland ibland, med något av vördnad i rösten. Och en hästkarl! Det har aldrig funnits en styvare timmerkusk...

Själv slår han mest ifrån sig, ler lite, stryker sig över den magra näsan, arbetar vidare.

Han säger inte mycket överhuvudtaget, småler mest, låter händerna och kroppen tala. Säger han något är det för att kommentera arbetet. Eller hästen, någon detalj som hans erfarna öga fångat.

Nej, han är ingen pratkvarn, han arbetar hellre. Och inte gammelmansfumligt, dröjande. Han bara arbetar, helt enkelt. Med ett slags ekonomi i rörelserna som får allt att se lätt ut. Varje handgrepp, varje arbetsmoment. Inget jäkt, bara dessa rinnande, rytmiska rörelser. Och han tycks inte bli trött, trots åldern, knappt ens svettig.

Han kör inte i skogen längre, det är åratal sedan han slutade. Och stället har mågen tagit över. Han hjälper till en del där också, men håller sig för det mesta ur vägen.

– Han gör det på sitt sätt, säger han.

Inte gnälligt, klagande. Ett konstaterande bara. En insikt om att det inte går att samsas i allt, ibland är det bäst att stiga åt sidan.

Med fjädrande kliv rör han sig mellan tröskverket och lasset, spetsar kornkärvarna på gaffeln, sticker upp dem på matarbordet, där Inga-Britt står. Ibland stannar han till, för att se om hon hinner undan. Han behöver sällan oroa sig. Inga-Britt arbetar som vanligt i ett slags tyst raseri. Det hon saknar i teknik kompenserar hon med sammanbitet ursinne. Sprättar häftigt upp kärvarna med bandkniven, som om de vore personliga fiender. Rafsar ilsket snörstumparna åt sidan. Matar triumferande, nästan vällustigt, kornknippena in mot de tuggande valsarna.

När Erland kommer in med nästa lass och byter vagn, blinkar Enar åt honom, nickar upp mot den sammanbitna gestalten vid matarbordet.

– Du har haft tur, Erland, som hittat ett arbetselakt fruntimmer! säger han småleende, i ett utbrott av sällsynt talförhet. Det är dom bästa, dom som har temperament. Det är likadant med hästarna.

Såna som bara biter ihop och ligger på, ju mer det tar mot...

Och Inga-Britt ler tillbaks. Det är inte många hon skulle ha accepterat ett sådant uttalande från. Att bli jämförd med en häst! Och inte många som skulle ha vågat säga det. Men mellan dessa båda finns en förbindelse, ett slags samförstånd. Något av ömhet, bortom åldersgränserna.

Hon är trettiosex och ser ännu yngre ut. Vacker, på ett uttrycksfullt, nästan uppfordrande sätt. Det finns något hos henne som tycks kräva att man tar ställning. Tycker något, oavsett vad. Han är dubbelt så gammal, snedsliten av släpet i skogen och i jordbruket. Lågmäld, utan åthävor. Det finns inget hos honom som är uppseendeväckande, speciellt. Ändå tycks de två *se* varandra på ett särskilt sätt. Se in till något gemensamt, en kärna som finns hos båda. En bortvändhet, ett utanförskap. Som om ingen av dem riktigt hörde hemma här.

Framåt eftermiddagen, med blekt ljus över kala åkrar och krakstörarnas spretande rader. Han står där, med blicken riktad upp mot den mattblå hösthimlen, samma färg som hans kupiga ögon. Sticker näven ner i en av säckarna, drar med frånvarande min in doften av nytröskat korn, låter säden rinna tillbaks i säcken igen.

Skrot

Det var mest höstarna hon mindes. Tidig höst, just den där övergången. Slutet av augusti, början av september. Det bleka, svala ljuset då.

Under huset hade det alltid legat en massa skrot. Inne i själva grunden. Det fanns ingen källare och från baksidan var det öppet rakt in. Där hade man langat allt upptänkligt.

När hon kom runt såg hon att det var igenmurat nu. Och skräpslänten neråt bäcken var utplanad, där hade man lagt gräsmatta och planterat kryptall. Det måste vara de nuvarande ägarna. Karlssons, som köpte av morfar, drev ju fortfarande jordbruk och skulle aldrig ha hållit på med sånt. Fast det hade väl varit nån där mellan också?

Hon gick till framsidan igen. Det var ingen hemma. Det hade hon inte väntat sig heller. Det användes bara under semestern. Till sommarnöje. Hon drog lite på munnen, skakade på huvudet. Sommarnöje... Sa man så fortfarande?

Lagården var borta. Den hade brunnit. Redan när Karlssons hade stället, sista tiden. Den brann delvis och sen rev man resten, brydde sig aldrig om att bygga nytt igen. De hade väl redan gjort sig av med djuren då.

Det var morfar som byggt den, så gott som ensam. Den gamla lagårn hade mest varit ett ruckel. Det måste ha varit på femtiotalet.

Han jobbade nere i stan då, på dagarna. Kom hem och satte igång direkt på kvällen, fortsatte halva natten. Ibland sov han därute också, framåt sommaren. Lade sig på några säckar, steg upp och tog första bussen ner vid sextiden på morgonen. Ett halvår tog det honom ungefär. Han hade varit en duktig snickare. *En styv snickare.* Det sa man fortfarande när man talade om honom. Och det var inget dåligt betyg. Inte här, där var och varannan karl vuxit upp med hammare i näven och en bunt spik mellan tänderna.

Mot henne hade han alltid varit som ett solsken. Den snällaste som fanns, tyckte hon då. Men inte mot mormor.

– Han slog henne, hade mamma sagt, senare. Alltid när han var på fyllan så slog han. Slog henne fördärvad...

Det var svårt att tro. Fast han söp förstås för jämnan då. Sen bara arbetade han. Byggen på dagarna, åkrarna på nätterna. Men mamma glömde aldrig, förlät aldrig.

Hon tänkte på skrothögen under huset. Låg den kvar där? Gamla cykelramar, konservburkar, trasiga hinkar, trasiga redskap. Och allt hade haft precis samma färg. Allt svartnat brunt, som om det legat i samma färgbad. Hon kom ihåg känslan av fara, att det var något farligt med att vara där. Man kunde ju skära sig, naturligtvis, om man kröp omkring därinne. Men det var inte bara det. Det var något annat, olycksbådande, lurande liksom.

Och så skräpslänten ner mot bäcken, med tistlar, drivor av nässlor, svinmålla. Högar av gammalt skrot där också. Moln av flugor som plötsligt steg, med ett öronbedövande surrande. Det svarta bäckvattnet nedanför. Trögflytande, nästan stillastående i böjarna därnere.

Också där fanns något som signalerade fara. Eller olycka, sorg.

Det fanns en annan, undre bäck. Underjordisk, dold. Till förväxling lik och ändå helt annorlunda. Inte nödvändigtvis en total motsats, men annorlunda bara, något helt annat. Det var så med allt.

Då

”Tjugosex på vintern låg jag ute och högg uppåt jämtgränsen, tillsammans med Gustav Parment, morbror. Vi var fem hästar härifrån, två huggare på varje häst. Vi kom upp efter trettonhelgen. Snön var som en vägg. Det hade vräkt ner. Och Gustav hade en svart märr, elak som en godtemplare, men en otrolig snöhäst, lyfte på bena som en balettdansös. Hon spårade hela vägen upp till kojan, nio kilometer skogsväg, gick så skumtapparna rök om henne, tillät inte att nån annan tog täten. Ville man köra henne åt sidan för att hon skulle få vila, då gnall hon och slog! Hon skulle bara gå först! Ja, det var en otrolig häst, vild och grann...”

Erland berättar. Han tycks knappt behöva anstränga sig för att bilderna skall träda fram, klara, tydliga, som spårstämplar i nysnö, för att berättelsen skall fyllas av färger, lukter, ljud.

Var och varannan vinter från tjugotalets mitt har han tillbragt i timmerskogen, som huggare eller körare. Pulsande i djupsnön, genom trettiotal och fyrtiotal, timmersvansen gungande på axeln, yxan och timmerkroken nerkörda under svångremmen. Hästarna ständigt närvarande. Det ångar om dem. Löddrande hårrem, det gulgröna skummet kring bettet. Deras lukter är starka, jordfärgade, sinnliga.

Framåt femtiotalet dyker motorsågen upp. Ett knappt hanterligt åbäke. Tung som sten. Svårstartad och lättstannad. Ett missfoster man mest skrattar eller skakar på huvudet åt. Vem inbillar sig att det skall gå att släpa med sig något sånt till skogen? Men den blir snabbt mindre, smidigare, driftsäkrare. Det dröjer inte länge förrän den är oumbärlig. Svansen hängs undan för gott. Mcormicken, Husqvarnan, Partnern tar platsen på axeln.

Det slutar naturligtvis inte här, inte på långa vägar. Skogstraktorn brakar in. Ännu några år kloar sig hästarna fast i branterna, där maskinerna varken tar sig upp eller ner. Och huggarna knäar sig fortfarande fram genom snön. Men allt detta är bara en tidsfråga. Processorerna väntar bakom nästa krök.

Under några få årtionden av 1900-talet har timmerdrivningen med häst sin storhetstid, med kulmen under trettio- och fyrtiotal. Kring sextiotalets mitt har skogsmaskinerna tagit över, hästarna försvunnit ur skogen. Något årtionde senare är också huggarna försvunna, den manuella huggningen bara ett minne.

Här stannar han upp, någonstans mittemellan epokerna, vänder på sig, ser sig långt om. Längtar han tillbaks?

Inte till slitet.

Årtionden efter årtionden har han stått där, dubbelvikt, segat och dragit med svansen, blötan drypande eller snön dråsande över ryggslutet. Ryckt och lyft och släpat. Ton på ton av sågtimmer och massaved. Vält sig ur sängen på morgnarna, ner på golvet, fastnat på alla fyra, grymtande, stönande, ryggen som ett sår. Långsamt tagit sig upp i stående, blivit människa igen, någotsånär.

Vem vill ha tillbaks sånt?

Ändå är det hit han vänder blicken. Detta är hans tid, på gott och ont. Då... Ett *då* när kroppen och livet på något sätt är jämbördiga, drar åt samma håll. Då det fortfarande finns ett slags samklang i allt. Då allt *existerar!*

Och det är här berättelserna finns.

"...på våren trettioett körde jag åt Svartviksbolaget, norr om Huljesjön. Skiftet låg i ett satans ratberg, motkört och styggt. Och rakt utför sen, när man fått lass och vänt. Och gosse, det var inga små lass, jag lastade tills det skrek i medarna! Jag hade en liten rö finnhäst då. Han travade bara undan. For som ett rött spjut nerför backarna, på isföret. Röda faran kommer! skrek gubbarna. Man var ju ung då, skulle vara värst..."

Då.

Boken

Hela tiden uppför, vägen tycks stå på högkant. Sugande motlut som får musklerna på hästens bakdel att svälla och spela. En bit uppåt Sandmoarna går en kallkälla i dagen, just i vägkanten. Där styr hästen alltid självmant åt sidan, går ner med frambenen i det grunda diket, sänker mulen i det isande vattnet.

Efter Fittjesjöbacken planar vägen ut, går i småbackar och runda böjar. Den lilla smäckra gummihjulsvagnen rullar lätt bakom den travande hästen. Förbi Kvarsättbodarna, Siljebodarna, upp mot Bätjegren. Där vägen går över tallhed och mjöla står dammet som en strut efter oss.

Det är alltid kring midsommar vi åker upp hit, innan slåttern. Upp till Anna och Teodor, som väntar oss utanför det blekgula huset vid vägens slut. De är syskon. Till förväxling lika, tycker vi. Två kopior, uppställda framför huset. Kanske beror det på storleken. Allt är stort hos dem. Stora händer, stora fötter, stora skallar, stora näsor. Två jättefigurer, med blida, nästan blyga leenden.

Bakom boningshus och lagård sluttar ägorna brant ner mot Skarpåsbäcken, där svartglänsande bäcköring blixtsnabbt skär genom det mörka vattnet.

De har inga djur längre, bedriver inget jordbruk. Något år arrenderar vi slåttern här uppe. Det blir inte många lass. Höet är flygigt och tunt, mest gethö och svingel. Inte mycket till foder. Men just nu, innan midsommar, lyser backarna som blomsterbuketter.

Allt tar slut här. Västerut finns bara barrskog och sly. Tidigare var hela trakten odlad, men under trettio- och fyrtiotal försvinner ställena, det ena efter det andra, köps upp av skogsbolagen, husen rivs, inägorna planteras igen. På några årtionden sväljs allt av skog.

Men Anna och Teodor finns kvar. De tycks på något sätt stå utanför tiden, eller i vart fall i utkanten av den.

Också inne i huset härskar en annan tid. Det finns en långsamhet, en stillhet i allt. Inte ens flugorna orkar röra sig, sitter som broderade på gardinerna och dukarna.

Allt är så prydlig, orört. Inte alls som hemma, där det nog är rent, men där allt slits med en förfärande hastighet. Målarfärgen flagnar, korkmattorna spricker, dörrarna gistnar och slår sig, från den ena dagen till den andra. Där tiden *syns* på ett annat sätt.

Men tid eller ingen tid, det är inget vi fäster oss vid, brorsan och jag. Inte heller den sövande långsamheten biter på oss. Snabbt pilar vi genom farstun, lämnar de vuxna åt sitt pratande, styr målmedvetet mot finrummet – salen – med sina stoppade möbler och bonader, fram mot bokhyllan och Boken!

Hur vi hittat den mellan de andra ryggarna i bokhyllan har vi egentligen ingen klar uppfattning om. Det är ett mysterium. Det är som om någon mystisk kraft styrt oss mot den. Som om vi redan första gången vetat att den skulle finnas där – och vad den skulle innehålla. Andäktigt, nej snarare andfått, lyfter vi ner den, bläddrar fram bild efter bild.

Det är bilderna som är det viktiga. Visst stavar vi oss genom texten här och där, men utan att orden lyckas göra något djupare intryck på oss. *...Stön av vällust och lidelse...* kan det vara som när man hällt i sig en iskall läsk lite för snabbt?... Nej, bilderna är upplevelsen. Och de tycks falla upp, bläddras fram, av sig själva. Kvinnokroppar, i alla upptänkliga format och ställningar. På längden och på bredden. På höjden och på tvären. På mage och på rygg. Liggande och sittande. Marsipanskära och svällande som bakverk. Muskulösa som ryska kulstöterskor. Slanka, spinkiga, magra. Korta och långa. Ljusa och mörka. Som förhäxade stirrar vi.

Ibland snuddar vi med tanken vid Anna och Teodor. Hur det kan komma sig att boken finns här, om de läst den, eller ens tittat i den? Vi kommer alltid fram till att det är en omöjlighet. Tanken är närmast skrattretande, de båda tillsammans, lutade över boksidorna, de väldiga näsorna som rör sig i takt...

Nej, fastslår vi kategoriskt, de kan inte veta något. Det är bara vi som känner till dess existens. Den är vår!

Då och då lyssnar vi utåt, kastar en vaksam blick över axeln. Men vi behöver inte bekymra oss om de vuxna. De står kvar ute på bron, fångade av långsamheten. Det långsamma, sövande pratet om väder och vind, kreatur och hö, jord och skog. De lämnar oss i fred. Det dröjer länge innan de ropar på oss, innan det är dags för kaffe ute i syrenbersån. Och då är vi redan mätta, dästa, trötta, kommer sömngångaraktigt vacklande ut i ljuset och grönskan, klipper med ögonen, som uggleungar.

Efteråt, på vägen hem, säger vi inte mycket. Då och då växlar vi ett ögonkast där vi sitter, baktill på flakvagnen. Inte som sammansvurna. Snarare vaksamt, misstänksamt. Vi vaktar på varann, försöker komma underfund med vad den andre upplevt. Om han sett mer, *vet* mer, något som kan vändas mot en, användas som tillhygge vid nästa slagsmål... *Du är en djävla snorunge, du vet ju ingenting, du tror väl att dom har samma sak under armarna bara för att dom har hår där också!*

Samtidigt som Anna och Teodor långsamt försvinner ur sikte. Leende och orörliga, händerna höjda till en vinkning. Det finns en känsla av att de kommer att stå så tills vi dyker upp igen nästa år. De kommer att stå kvar där, genom hösten och vintern. Snöas över och tina fram någon gång på vårkanten, och först då kommer de långsamt, prövande, att börja röra på sig igen.

De kommer att finnas kvar, liksom det svalt gula huset mellan syrenerna och björkarna.

Och Boken kommer att finnas där. Det är det viktiga.

Vägar

Vägarna här. Huljevägen och Kvarsättvägen. Rovägen och Bätjegrensvägen. Kabelvägen och Stickvägen. Skarpåsvägen och Trånghällvägen. Kavelbrovägen och Vintervägen.

Det finns fler. Skogsvägar och körvägar. Basvägar och isvägar. Sådana som tappat sitt namn eller knappt ägt något. Vägar som försvunnit, som vissnat bort eller vuxit igen.

Ett väldigt vägnät, bara bristfälligt kartlagt.

Men egentligen är det bara några som räknas, som leder någonstans. Och så småningom skall vi också upptäcka vart: de leder alla bort.

Det börjar i tolv-trettonårsåldern, som en ilning i skinnet, en klåda, något som växer, år från år. Starkast om vårarna, med blått ljus över snöfläckar och fjolårsgräs, slyskogens rödvioletta grenverk, smältvattenfloderna i vägkanterna. En rå dunst från marken. Något hetsigt, pockande i allt. Då vet vi varför vägarna finns. Vi kan höra hur de muttrar, vrålar, trumpetar: Ut! Bort! Någon annanstans! Vartsomhelst, men bort!

Vi vet att vi måste iväg. Hur skulle man kunna stanna här? Där allting halkar bakåt, år från år. Det finns en smygande skräck här: att bli kvar, bli efter, utanför.

Det är därför vägarna finns. Som yxhugg genom granskogen, rakare och bredare ju längre bort man kommer. De leder mot friheten, förvandlingen. Mot den punkt där man äntligen skall ömsa skinn, bli det man alltid varit ämnad att vara. Ja, *bli* något!

Vägarna är stråk av frihet, andningshål. Det blåser en annan luft här, längs vägkanterna. Andra dofter. Dieselavgaser, bensinångor, dunster av solhet asfalt. Hade man bara varit några år äldre, hade man bara haft körkort, haft bil, hade man bara… ja, vadsomhelst!… då hade man redan varit på väg, redan nu, bort från bonderiet, småbrukeriet, från skog och jord, hö och kor.

Vägarna finns där och ropar efter oss.

Vindkyrka, gräskyrka

Erland på stolen ute under björkarna. Håret tunt och vitt. Det är första – och enda – gången jag klipper honom.

– Putsa lite bara, du, säger han.

Början av åttiotalet. Han är sjuttiotre. De vita testarna driver som maskrosfjun i vinden. Han småler, ruskar lätt på huvudet.

– Det blir inte mycket åt fåglarna att boa av…

Ansiktet garvat, brunbränt. Men i glipan under skjortkragen lyser huden vitblå som skummjölk, liksom skyddslös. Och det glesa håret under mina händer. Mjukt, som på ett barn. Vi skall aldrig ses igen, aldrig vidröra varann. Det vet vi naturligtvis inte. Vi anar det kanske, men det är inget vi talar om. Vi småpratar bara. Orden far lätt, singlar i vinden. På avstånd glänser skogarna i solen.

– Däruppe, i Skvalbranten, körde vi en senhöst, Fredrik och jag…

Han nickar uppåt Hjässbergets tvära sida.

– Vi kunde väl vara en nio tio år. Det var några vedlass som skulle hem. Obroddat hade vi och det var fruset och halt. Hästen kanade av vägen, välte raklång ner i buskarna på sidan om. Men vi fick upp den, for hem och satte på brodd. Sen bara klev han uppför, som om han gått i en trapp! Det var nog första gången man var ute i skogen på egen hand. Farsan låg ute på någon huggning och vi var äldst, Fredrik och jag. Vi var liksom karlarna i huset...

Avlägsna minnen som han fiskar upp, förstrött granskar, släpper i vinden. Ett inåtvänt leende över det skarpskurna ansiktet. Jag står lutad över honom, kramar ovant saxen som vill fastna i det mjuka håret. Tänker på de gånger jag själv suttit där, hulkat till när saxen slitit loss några hårtofsar, känt hans breda händer räta upp huvudet, hört honom grymta otåligt. *Sitt still, så jag inte klipper av dig örona!*

Han är blidare nu, mildare. Och samtidigt avlägsnare. Han rör sig bortåt, genom ett vidsträckt rum av vind och gräs. Allt längre bort.

Inga-Britt

Det kan var i någon av de nedernorrländska hamnstäderna. Söderhamn, kanske. På bilden står hon lutad ut genom ett tågfönster. Hon är på väg norrut, hemåt igen.

Hon står där, hänger med armbågarna över den till hälften neddragna rutan. Rökande, cigaretten lite vårdslöst dinglande mellan fingrarna, de fylliga läpparna lätt särade. Den figursydda dräkten, som väl gjort slut på det sista av hennes kassa, smiter tätt åt om hennes kropp. I solljuset är hennes ansikte ljust, nästan konturlöst. Och utstuderat likgiltigt. Men ögonen är mörka, spelande.

Det finns något både lojt och utmanande över henne där hon står. Och samtidigt något skrattlystet, bubblande. En liten flicka som inte riktigt kan hålla sig, stänga till om fnittret.

Det finns ytterligare en annan sida. Ett mörker som kan stiga plötsligt som en flodvåg, svepa undan allt annat. Då inget är något värt. Livet en grå trasa som man inte ens orkar kasta ifrån sig. En övermäktig sorg i allt, som varken går att förklara eller undkomma.

I drygt tio år har hon varit borta. Hon är tretton då hon ger sig av, eller skickas iväg snarare. Hon vill läsa vidare, studera, men istället blir det arbete i familj, på bageri, på sjukhus, hela tiden i Stockholmstrakten. När hon återvänder har hon också bakom sig ett kort och djupt olyckligt äktenskap, som fått henne att svära på att aldrig binda sig igen.

Hon kommer inte att hålla det löftet. Hon kommer att gifta om sig, föda barn. Leva i ett äktenskap som utåt väl ter sig som många andra. Inte bättre, inte värre. Men för henne är detta inte nog. Hon vill ha något mer. Hon vill ha allt!

... jag levde aldrig halvt, men levde dubbelt svårt... står det i en av de dikter hon ständigt skriver. Och är det något hon hatar är det halvheten. Halvlögnen, halvsanningen. Halvlivet, halvdöden. Båda hos sig själv och hos andra.

Det finns en omättlighet hos henne. Hon vill ha allt eller inget. Svart eller vitt. Inget mittemellan. Hon vill ha något helt. Själva helheten!

Djupast ner finns kanske hungern efter kärlek, bekräftelse, riktad mot fadern, lynnig, självupptagen, ouppnåelig. Den avlägsna gudabild hon alltid blickar upp mot, som hon med skummande raseri försvarar mot all kritik, alla anmärkningar. Det är hans ansikte hon söker, hans godkännande, bekräftelse.

Jag ser dig och älskar dig, skall han säga. Du är mitt allt. Du har alltid varit det.

Det är där helheten finns. Helhetens rike.

Årtionden senare skall hon stå med telefonluren i handen vid meddelandet om hans död. Stum, blek. Och den råa sorg som rasar i hennes ansiktet gäller inte bara honom, utan lika mycket henne själv.

Men just här vilar hon ett ögonblick. Hänger lättjefullt ut genom tågfönstret. Cigaretten mellan fingrarna. Rökslingan som stiger i vinden. Doften av bräckvatten och tång som driver in från havet. Det spefulla glittret i hennes ögon.

Här är hon någon annan. Eller ingen alls.

Åt alla håll ligger livet vidöppet, vibrerande.

Medspår

Uppåt Skarpåsen, i mitten av februari. En avverkning där Erland tagit på sig både huggning och körning.

Jag är fjorton. Hemma från skolan av någon anledning. Vinterlov kanske. Eller så har jag bara stannat hemma i alla fall, det är ingen ovanlighet.

Det är inte mycket kvar att göra. Det som återstår är mest rensning. Några bitar massaved som blivit liggande i snön och måste fram till basvägen. En del stämplat virke som skall fällas.

Jag drar ihop och hjälper till att lasta. Får ta motorsågen och kvista en del när Erland fällt. Mest som en sysselsättning, ett tidsfördriv. Han står hela tiden snett bakom och övervakar, som om han inte riktigt vågar släppa mig. Och snart tar han över, river av kvistarna med svepande, vana rörelser.

Han instruerar inte, ger varken kritik eller beröm. Och varför skulle han det? Han låter mig pröva på, men som en stunds förströelse, en lek. Han vet ju att det här inte är något som jag kommer att ägna mitt liv åt. Jag kommer aldrig att stiga upp vid femtiden på morgnarna för att ge mig av till skogen, med mörkret och kylan som en vägg därute. Och inte önskar han det heller: varför skall man slita ut sig i skogen, om man kan slippa?

Det är låg himmel, gråkallt, neråt femton hela dagen. Så länge man är i rörelse går det an, men när vi rastar och sätter oss kryper kölden snabbt inpå kroppen, ansiktshuden stelnar, det börjar sticka i tårna. Det är lika bra att resa på sig igen, så fort som möjligt, fortsätta trampa runt.

Framåt tre vänder vi hemåt. Det mörknar snabbt. Och kylan är på något sätt förlamande, ett krasande bett över nackkotorna. Erland sitter orörlig på timmerkälkens mittbunke. Jag går eller småspringer bakom, försöker hålla värmen. Runt om är det skog, mörker och kyla. Det känns trångt, kvävande, som om man satt fast i en råttfälla av köld och mörker.

Neråt Sandmoarna kan man skymta ljuset från stan, en avlägsen, blek kupol vid synranden. Men inte heller därnere – i den lilla skitviktiga stan med sin tröga å och sina skrytiga stenhus – finns någon verklig frihet.

Man måste iväg, bort härifrån!

Erlands kutiga ryggtavla i den tätnande skymningen. Han tycks inte känna av kölden, skakar bara på sig då och då. Håller man sig bara någotsånär lugn, inte far runt och gör av med energi i onödan, då fryser man inte, brukar han undervisa. Det är i arbetet man skall röra på sig, men inte heller då i onödan, bara så mycket som krävs.

Nästan allt han berättar handlar om arbete. Vardagligheter, utan egentliga poänger. Kroppsarbete. I jordbruket, på byggen, i skogen. Råslit. Ändå kan berättelserna glimma av liv, och av en sällsam glädje. Som när han nästan vällustigt återkallar minnet av någon sällsynt vedervärdig huggning, i ett bottenlöst moras, där skogen snarare växer neråt än uppåt, en vinter så kylslagen att en vistelse i Sibirien framstår som rena charterturismen... Arbete och liv har alltid varit en och samma sak för honom.

Men här och nu är han tyst, försjunken, avlägsen. Som om det inte längre fanns något att säga, varken om arbetet eller något annat. Det tjänar ingenting till, har ingen mening. Det han vet, det han kan, kommer ingen att använda sig av. Det tillhör det förflutna, utspelar sig i ett förflutet landskap.

Hästen som skrittar fram i mörkret, kälken som far i de isiga medspåren. Erlands ryggtavla därframme. Det finns en rågång mellan oss, ett avstånd som stadigt växer. Det är så det är. Det är så det kommer att vara, inser jag. Han där, innesluten i sitt. Jag här, på väg åt mitt håll.

Lillsyster

Hon växer upp tillsammans med katterna, hundarna, hästarna. Med korna, så länge de finns kvar. Getterna, som vi har en tid. Andra djur, som nyfiket stryker förbi hennes lekplatser i beteshagen, kalvhagen eller i skogsremsan upp mot Hjässberget.

Hon är sladdbarn. Kommer lika oväntat som en hjärnblödning, som Erland säger. Ja, eller en tipsvinst, rättar han sig, med en blinkning.

Det finns inga jämnåriga i trakten. Barnkullarna har försvunnit, upplösts. De är redan på väg in i vuxenlivet, med brådmogna, tonårshetsiga kliv.

Inga lekkamrater. Men djuren finns där. En brokig storfamilj av skiftande storlek, ålder och temperament. Hon kommer in och berättar andfått om deras språk. Att räven pratar med morrhåren och de lysande ögonen. Älgarna med de fläktande öronen. Korna med svansen och tungan som far över den fuktiga mulen. Träden och gräset viskar, pladdrar, sjunger, dagarna i ända. Ja, nätterna med, de kan aldrig hålla riktigt tyst. Också stenarna har ett språk. Skrovligt, grått. De talar så långsamt att ingen riktigt orkar lyssna.

Erland har passerat femtio. Inga-Britt är drygt tio år yngre. De är redan något av främlingar för varandra, på väg åt skilda håll.

Barnet får dem att stanna upp, villrådiga, liksom hjälplösa. Plötsligt osäkra på vilken väg de skall välja.

Hon betraktar dem forskande med sina gågröna ögon, försvinner ut igen. Ner till kalvhagen, där hon kan stå osynlig i snåren av sly, älgört och mjölke.

Hon vet att om man står stilla tillräckligt länge kan man bli till ett träd. Och man kan bli till fågeln som slår sig ned i grenverket. Följa med när den lyfter, bli vinden som bär den...

Det är lätt, man behöver bara stå där, orörlig, vänta, så händer det, förvandlingen börjar.

Det svåra är att återvända, bli människa igen. Vända om. Tränga tillbaks. Känna den där tyngden av verklighet sakta fylla kroppen igen. Det är det svåra.

Snabbhet och mörker

Fotbollen är livet. Mer ändå. Den är släkt med drömmen, som kan lova allt, eftersom den ingenting behöver hålla.

Att få bollen i steget, något tiotal meter utanför straffområdet, driva framåt. Så kroppsfinten inåt och det blixtsnabba rycket utåt, som lämnar motståndarbacken stillastående och gapande, får honom att snubbla över sina egna fötter när han försöker vända, tungt som ett långtradarsläp.

Jag har snabbheten i kroppen. En genetisk skänk från några bortglömda förfäder som uppenbarligen varit tvungna att snabbt lämna det ena eller andra bakom sig. De första meterna flyger jag fram, utan kontakt med vare sig markytan eller kända fysiska grundlagar. Satt. Fyrkantig. Låg tyngdpunkt (i den mån den överhuvudtaget existerar). Dessutom med ett slags halhet i rörelsemönstret som gör det svårt att förutse vart jag egentligen är på väg, både för motståndare och medspelare – ibland också för mig själv. En irrande och stadigt accelererande projektil.

Jag har redan gått igenom proffskontraktet ett antal gånger. Milan eller Real? Eller Juve, kanske – Den gamla damen?... Ja, efter en kortare sejour i allsvenskan och landslaget, som jag närmast ser som ett nödvändigt ont.

Verkligheten är något torftigare, tills vidare.

Jag är sexton. Ännu är det junior- och reservlagsmatcher som gäller. Runt om i distriktet, på planer där man just tycks ha schasat undan korna.

Då och då ett inhopp i A-laget, div. 4 Medelpad/Härjedalen.

Det är här det hela ska börja, det vet jag. Hjältesagans inledning. De första stegen mot odödlighet. Mot ära, berömmelse och rikedom. Jag vankar runt på mittplan. Sammanbiten, butter, grinig. Väntar. Får bollen, viker kroppen och rycker, gång på gång. Med backlinjen bakom, hopplöst på efterkälken. Flåsande och svärande, som ett alltmer uppretat medborgargarde. Och ropen från sidlinjen blir högre, mer enträgna.

– På'n pojkar! Spark av en bena bara!

Vilket man naturligtvis också gör, så småningom.

Från juli till september hoppar jag omkring i gips. Ett skavande och kliande fodral, från fotknölarna upp till höften. När det slutligen klipps upp och plockas av är benet spinkigt och vitt, som ett avgnagt kycklinglår. Och ungefär lika användbart.

Prövande haltar jag runt. Benet går inte att böja. Eller viker sig som en trasig trädgårdsmöbel. Lår- och vadmuskler förkrympta, utan några vettiga funktioner.

Hösten igenom tränar jag envist, tjurigt. Går, kryper, haltar, hoppar. Långsamt normaliserar benet sitt förhållande till resten av kroppen (motvilligt, som någon som återvänder till jobbet och vardagen efter en längre tids vistelse i Söderhavet). Men något är förändrat. Det är något som inte finns längre, inte *känns*.

Det är inte snabbheten som försvunnit, säger jag mig, utan något annat, själva ansatsen, öppningen. Jag kan inte hitta den längre! En kortslutning, som gör att allt blir tungt, trögt, som att släpa sig fram i lera.

Jag blundar, söker inåt. Efter ett dolt utrymme, en korridor där snabbheten fortfarande är möjlig. Där rycket, accelerationen, friheten finns.

Jag kan se det framför mig. Hur farten bara ökar, tills jag försvinner som en häxpipa i mörkret.

Snabbhet och mörker. Jag smakar på orden. Det är vad man består av, tänker jag. Arvegods. Snabbheten och mörkret. Inte mycket, men alltid något.

Dröm

Hur kom man hit?

Någon lär ha kommit över skogen från en av de stora älvdalarna. Han gick på höjderna, över brännorna. Det brann mycket då. Skogsbränder som kastade sig mellan branterna. Här hade elden svett av så gott som hela berget, lämnat en kal hjässa, en väldig flintskalle av gråberg som stack upp över nackvalkarna av spirande ungskog. Och högt uppe i den klarblå himlen vilade en duvhök på uppvindarna, länge, innan den dök, sjönk som en sten mot den trånga dalgången nedanför.

Han som kommit såg detta som ett tecken och vek av, neråt, utför branterna.

Andra påstod att det helt enkelt var korna som hittade hit. Man följde korumporna uppåt skogen, genom ris och moras. Slog sig ner där korna stannade, där det fanns bete och vatten. Röjde lite i taget, tog hjälp av elden, röjde mer. Byggde. Ja, sen satt man där, på gott och ont. Så länge det nu varade, det goda som det onda.

Men någon sade att det hela bara var en dröm.

Han som kom över brännorna hade tröttnat, lagt sig ner i mossan med huvudet mot en tjärvedstubbe, somnat och börjat drömma. Han

drömde fram höken däruppe i skyn, lät den dyka. Drömde dalgången nedanför med den krumbuktande bäcken, höjdryggen i mitten som gjorde trakten mindre frostlänt, den ljusa, stadiga tallskogen, myrstrykorna som lät sig dikas ut och odlas upp. Drömde kåkarna och lagårdarna, kreaturen, vägarna, mjölkbryggorna. Drömde skogsskiften, timmerdoningar, tuggtobak och snus. Längre fram blev det mer komplicerat, med arealbidrag, arvsskiften och impediment, radsåningsmaskiner, SRB-kor, konstgödsel, älgskyttebanor och rörmjölkning. Men nu hade drömmen blivit så omfattande, vindlande att den liksom växte in i sig själv, i stort sett drömde sig själv.

Och han som låg där kunde byta ställning, rulla över på sidan, sova vidare, ägna sig åt enklare saker. Drömma upp duvhöken i skyn igen, låta den stå där, ryttlande på uppvindarna, nästan orörlig, dimpa mot snårskogen nedanför, dyka efter småvilt, sork och grodor.

Medan den stora drömmen levde sitt egenliv, löpte vidare, som en bortsprungen kviga.

Och när han vaknade?

Tja, vad skulle man säga om det.

När han vaknade, så vaknade han.

Gränser

Visst umgås man, men inte alltför nära. Det finns något avvaktande, lite reserverat här, trots släktskapsbanden som löper kors och tvärs, som en trasslig garnhärva. Det blir vid högtidsdagar, födslar och dödslar, något enstaka surströmmingskalas.

Mest träffas man i anslutning till arbetet. I skogen, på angränsande skiften. I jordbruksarbetet, när man behöver låna redskap eller verktyg. Fortfarande byter man en del arbete. Och långt in på femtiotalet delar man ännu på tröskverk, potatisupptagare, elmotor. Men det är en verksamhet i avtagande, en sinande rännil numer. När man skaffar nytt köper man eget. Man står ju hursomhelst sig själv närmast. Och skall man ändå slå arslet i backen kan man ju lika gärna göra det på egen hand...

Ensamarbete är det som gäller, i allt högre utsträckning. Det tycks finnas en oundviklighet i själva utvecklingen, allt leder hit. Man skall hålla sig för sig själv, arbeta för sig själv. Avstånden skall bli större och större.

Men det finns naturligtvis fortfarande sådant som förenar. Misstron, till exempel. Mot storbönder längre neråt dalgången (som kan ha upp till två traktorer, mjölkmaskiner, utgödsling, ingödsling, fan vet allt!). Mot politiker och tjänstemän. Mot jordbrukskonsulenter och agronomer. Mot skattemyndigheter, skogsbolag, virkesmätare, vägingenjörer. Mot dammsugarförsäljare, tavelnasare, Jehovas vittnen och hålfotsinlägg. Samt mot väderleksrapporterna för Södra Norrlands kustland och inland!

Också skvallret förenar, på sitt sätt. Det är en krönika, en fortlöpande berättelse där alla får plats. Det rör sig vindsnabbt mellan kåkarna, går in och går ut, vänder och kommer tillbaks, utan att någon tycks kunna säga hur. Ingen har sagt något och ingen har hört något. Ändå vet man allt om alla.

Vad tycker man egentligen om varann?

Tycker och tycker... Det är väl inget man kan gå omkring och fundera på, sysselsätta tankarna med... Han är väl som han är... Och hon med...Och hursomhelst är det inget man har med att göra...

Det finns en försiktighet, en tolerans som styr undan för motsättningar, öppna konflikter, halkar sig runt dem, som en timmerkälke runt stenar och stubbar.

Men det finns gränser!

Skiftesgränser – märkningen som skiljer de olika skogsskiftena åt. Vanligtvis blytungt sovande småbrukare kan fara upp ur sängarna mitt i natten, plötsligt drabbade av en förfärande aning – som ett varsel – om att någon överträtt denna linje, låtit sin avverkning fortsätta några meter in på den sovandes mark. En upplevelse lika plågsam som ett yxhugg i knäet.

Andra ägogränser. Undanskymda hörn av igenbuskade beteshagar kan utan förvarning bli föremål för uppslitande dispyter, där man hänvisar till handlingar som verkar sträcka sig bakåt till tideräkningens början, eller åberopar urminnes hävd från den senaste nedisningen, grovt räknat.

Fördragsamheten, överseendet, förbyts med ens i skummande ilska, illvilja, hämndlystnad. Ett långkok som vid gynnsam temperatur kan puttra i år, decennier – ja, generationer.

Det kan verka som om detta är något man bara gått och väntat på. En ventil. En möjlighet att äntligen visa vad man tycker och tänker, nästan oberoende vem eller vad det gäller.

Också i älgskogen finns gränserna. Mellan olika jaktvårdsområden, olika jaktlag. Här är de knivskarpa, svartsjukt och minutiöst bevakade. Och raseriet vid en överträdelse kollektivt och mer anonymt. Fritt flödande. Ibland nästan uppsluppet, som vid de utförliga och blodisande beskrivningarna av åtgärder som borde vidtas mot den ene eller den andre, som gjort sig skyldig till det tredje eller fjärde, om man bara hade honom inom räckhåll. Och berättelserna om den bakslughet – ja, rena rama kriminaliteten! – som frodas inom de andra jaktlagen är tallösa. Knepen att locka viltet över till de egna markerna kan spänna från stödutfodring till avancerade experiment med hemkokta doftelixir (ibland med en så vedervärdig utdunstning att effekten – tvärt emot den avsedda – blir att älgstammen så gott som fullständigt tycks utrymma trakten). All världens gemenhet tycks för några korta höstveckor ha samlats där, inom Ro-laget, Sättna-laget, Hulje-laget…

Så småningom stillnar allt igen. Livet faller på plats, sin gamla vanliga plats. Ingenting tycks förändrat.

Och kanske är det så. Inget av det som hänt (vad det nu var – man rycker på axlarna, har svårt att dra sig till minnes) har egentligen betytt något, fått något att i grunden förändras.

Det är bara livet. Som är som det är. Obegripligt. Ogripbart. Och kort. Så förbannat kort.

Ett annat hus

Höstarna är lera.

Leriga åkrar där stövlarna fastnar och blir sittande. Man hoppar runt i strumplästen, sliter och drar i stövelskaften, redan hukande inför utskällningen som väntar när man kommer hem.

Spruten av lera efter potatisupptagaren. Lera som kryper in överallt, sätter sig överallt, när man kryper där i raderna, gräver fram potatisen bland lerkokorna. Leriga potatislårar, tunga som bly. Naglarna som bryts när man slinter och tappar greppet.

Dimma, duggregn och lera.

Så kommer kylan. Nästan omärkligt. Den är en skepnad som dyker upp i skogsranden, ser sig omkring, hastigt går över ägorna. Tidigt, innan någon ännu hunnit vakna. Efteråt ligger backarna vitraggiga av frost. Och luften är plötsligt klar som glas. Ljuden utdragna, nästan stillastående. Hundskall. De klagande tjuten från kaptrissorna som går på var och varannan vedbacke. Hammarslag. Klangen av järn mot järn när timmerdoningarna ses över.

Kvällarna rostbruna. Ljuset kanar brant neråt, stryps allt tidigare. Och ute i den bitande kylan, det rostfärgade skymningsljuset förändras något. När man kommer springande över de hårdfrusna lägdorna, genom den frasande stubben, dyker främmande hus upp i mörkret. Och står man utanför, stirrar mot de upplysta fönstren, är människorna därinne också främmande. Deras ansikten nakna, okända. Förändrade. Andra människor i andra hus.

Innanför dörren är man tillbaks i det invanda, vardagliga. Vardagsansikten, vardagsröster. Köksbordet och stolarna. Lukterna. Den gula färgen på murstocken bakom spisen. Mässingslisten på golvet där strumporna alltid fastnar i skruvarna. Allt det vanliga som man inte kan komma ifrån, hur man än vänder sig. Här inne är man den man är, den man alltid varit.

Utifrån är allt annorlunda, det vet vi. Vi lutar pannorna mot köksfönstrets svala skiva. Därutanför i mörkret står det någon som ser oss på ett annat sätt. Ser sidorna som ingen annan känner till.

Stövare

Ibland skuggorna från träden. Eller bara ljuset som faller på ett särskilt sätt. Han far upp och skäller, tar några steg på stela ben. Hejdar sig och gäspar, dimper ner mot vedbodväggen igen. Sträcker ut sig. Ögonen halvslutna. Det rycker lätt i tassarna. Drömmar som kommer och far. Lukter.

Larm!

Han lystrar fortfarande när han hör namnet. Men förstrött, halvt likgiltigt, som om det lika väl kunde gälla någon annan. Öppnar ett öga, lyfter på nosen, vädrar lite i vinden. Så återvänder han till halvdvalan, drömmarna, den solvarma brädväggen.

Larm, hamiltonstövaren. Köpt söderifrån. Med en stamtavla lika imponerande som uppdiktad. "Den bästa hund som aldrig funnits", som Erland uppgivet konstaterar, när den bistra sanningen slutligen går upp för honom.

Som jakthund är han en katastrof. Han tar aldrig upp ett spår. Älgar, harar, rävar, rådjur kan marschera förbi i kolonner utan att han reagerar med annat än ett uttryck av mild förvåning. Om han inte bara gäspar.

Medan minsta vittring av en löptik – miltals bort – däremot försätter honom i darrande extas. Och han försvinner, upplöses i tomma intet. Varken hundgård, lina eller stängda dörrar förmår stoppa honom. Han gräver, gnager, tränger sig ut. Kan vara borta i dagar, veckor innan han dyker upp igen. Sargad, lerig, lycklig. Det bildsköna huvudet nonchalant på sned, en fräck glimt ur de sammetsbruna ögonen. Inga tecken på skam eller ånger, inget krypande. En sol-och-vårare i trasig kavaj, varggrinande.

Värdelös. Ekonomiskt finns det egentligen inget som motiverar hans existens. Ändå blir han den första hund som stadigt sover inomhus, makligt utsträckt framför spisen. Framåt natten, när kylan kommer krypande, förflyttar han sig till närmsta säng. Bökar ner sig, somnar om, högljutt och lyckligt snarkande. Skäller uppbragt om han skulle bli nedknuffad på golvet igen.

Så småningom blir friarfärderna alltmer sporadiska. Han blir mer sparsmakad. Eller bara äldre. Det kan gå år mellan gångerna. Och han är aldrig borta länge. Det dröjer högst något dygn innan han står på farstutrappen, skällande och krafsande. Slinker in och fram till matskålen, misslynt grymtande om den råkar vara tom.

Slutligen skall utflykterna helt upphöra. Någon hittar honom i en dikeskant, blodig, orörlig, till synes livlös. Men han forslas hem och överlever, repar sig smått mirakulöst. Tar sig upp och struttar runt, med bakdelen krum och halvt förlamad.

Den sista sommaren ligger han mest i solgasset intill vedbodväggen. Han ligger där på sidan, de stela bakbenen utsträckta. Vaknar till och skäller, på skuggorna, på vinden. Ibland kröker han kroppen, nafsar lite irriterat i bakhasorna. Innan han sträcker ut sig igen. Sover. Drömmer.

Tiden är en sten som hänger orörlig i luften. När den kastats, när den skall falla, vet ingen. Det finns en vinter någonstans, med vassa, torra lukter. En vår, då allting jäser, bubblar, strömmar. Allt samlat i ögonblicket, som ännu sträcker sig i alla riktningar, ändlöst, utan början, utan slut.

Utanför

Nästan alla har sett något. Eller har någon i släkten som sett något. Eller har hört talas om någon som sett något.

Karolina, gammelfarmor, möter som flicka en vitterkvinna med en skock getter, knappt större än kattungar. Det är längs gamla skogsvägen upp mot Mosjön. Kvinnan stirrar på henne, ger till ett ilsket fräsande, försvinner in under ett stenblock. Och de små getterna tycks rinna in under stenen efter henne.

Erland är ute i bärskogen tillsammans med en av kusinerna. De är båda i tioårsåldern. Högt upp på en berghäll ser de två små gestalter, pratande och skrattande. De tar dem för några av de andra ungarna i trakten, hojtar glatt. Men de två däruppe tystnar tvärt, kastar sig rakt utför berget, ett svindlande hopp. Landar fjäderlätt, försvinner bort genom blåbärsris och buskar, skuttande, som grodor. De är små som barn, men deras ansikten är som vuxnas, ja, närmast åldringars.

Och en vårvinter ser man en svartklädd karl komma körande på snön nerför Bodbergets sydbrant. Det går i rasande fart och ändå helt ljudlöst. Inget skrapande och skrikande från kälkmedar som går i sten och barmark, inget ljud från den vilt löpande hästen, inga hoanden från kusken. Så är de plötsligt försvunna, man, häst och kälke. Spårlöst. Som om de aldrig funnits där.

Det är något år innan tjugotalets början. Och någonstans här tycks också mötena upphöra, synerna försvinna. Precis som det svarta följet försvinner, mitt i sin vilda färd ner genom Bodbergsbranten. Som de två småttingarna i blåbärsriset. Vitterkvinnan under stenen.

Det är som en dörr stängts, obönhörligt. Något har kommit emellan, skiljt de båda världarna åt.

En del förklarar det med järnvägsnätets utbyggnad. Medan andra tror att det beror på bilarna, motortrafiken. Eller varför inte storskogsbrukets utbredning?

Några framför lite försynt att det kanske mest beror på att folk blivit klokare. En teori som nog kan verka smickrande, men som de flesta ställer sig tvivlande till (ja, inte vad det gäller dem själva, naturligtvis – men ta en titt på andra här i trakten bara!).

Brorsan och jag, vi tror varken på det ena eller andra. Om man sett något eller inte. Om det är sanning eller lögn. Det är berättelser, helt enkelt. Det viktiga är om de är bra eller dåliga.

Och de bästa berättelserna – de som griper tag i oss, biter sig fast – handlar om dem som egentligen ingen säger sig ha sett. Barnen. De försvunna barnen.

De är två eller tre. Aldrig ensamma. Ofta syskon. De har gått ner sig i en sjö, en tjärn, eller i något av de bottenlösa surhålen ute på blötmyrarna. Eller försvunnit på annat sätt. Något har hänt dem. Man hittar dem aldrig, inte minsta lilla benflisa. Man ser dem heller inte. Men deras röster, deras gråt kan man höra. Hur de ropar, snyftar, kvider. Ute på myrarna i höstmörkret. I snödrevet om vintern, på avlägsna, väglösa platser. Nere vid stränderna av mörka, dyiga sjöar.

Barnmyra. Barngropsberget. Barntjärna. Barnbäcken.

Namnen finns överallt, utströdda över skogarna, som påminnelser. Men om barnen själva vet ingen längre något. Vilka de var, varifrån de kom, vad som hände. Allt kring dem är vagt, nästan utsuddat. Man vet bara att det var länge sen, att de kom bort, att de aldrig fått ro.

Ändå är de på något sätt både verkligare och mer skrämmande än vittra och andra väsen (stingsliga, halvt koleriska ordningar som tydligen bara vill bli lämnade i fred, ungefär som grävlingar).

De kommer närmare och närmare. Står i dunklet under granarna nedanför Skvalbranten. I kalldimmorna som stiger över Myrlägdan, just i kilen ner mot bäcken. Närmare ändå. Vi kan nästan höra hur de andas därute i mörkret, tätt intill husväggen. Ja, sluter vi ögonen kan vi se dem. Deras bleka, tunna ansikten. Den bottenlösa sorgen och tröstlösheten där, och samtidigt en tomhet som gör dem än mer skrämmande. De är ingenting längre. Bara gråt, kvidanden, snyftningar, som ändlöst driver runt. Ingen skall hitta dem. Ingen skall komma för att möta dem. Ingen skall öppna dörren, släppa in dem i värmen igen. De skall alltid vara utanför.

Länge efteråt kan vi känna skräcken, kallt krälande över ryggen. Varför lyssnar vi? Naturligtvis för att vi *vill* bli skrämda. Men vi vet också att det finns något annat i berättelserna, att de säger något mer. Vad? Ja, något annat...

I dagsljus, när allt är verkligt, tråkigt, torrt, som en hårdbrödsmörgås (utan pålägg), kan vi stirra ut över lägdorna, upp mot skogen, grubblande.

Det är något... något... något annat, bara!

Styrka

Fyra stycken på honom. Tre som turas om att hålla i och slå, den fjärde har fått fram en kniv. Det är nere i samhället, utanför dansbanan, han är i tjugoårsåldern. Alla angriparna påstrukna, han med kniven mest, vinglar och hugger vilt i luften.

– Då förstod jag att det inte gick att hålla på och fjaska längre. Han var ju en fara både för sig själv och omgivningen...

Och?...

– Ja, jag ruskade på mig. Och dom for åt alla håll, som boss! Så fick jag tag i armen på han med kniven. Var ska den av, frågade jag, uppe vid axeln eller längre ner?

Erland blinkar, skrattar, påtagligt upplivad av sin egen berättelse, där sanningshalten som vanligt är något flytande.

Men han har varit lång, grovvuxen. Ingen jätte, men kompakt, muskeltung. Redan i tolvårsåldern är han ute på första drängjobbet, hos bönder neråt Silje. Sedan rullar det på. Jorden, skogen, byggen. Byggen, skogen, jorden. Kroppsarbete, livet genom. Och ännu uppe i sjuttioårsåldern är styrkan i hans kropp förbluffande intakt. Han är sliten, visserligen, böjdare. Men styrkan finns där, liksom lagrad, tatuerad in i muskelvävnader och benstomme.

Och här gäller det att vara stark. Stark i kroppen. Stark i ryggen. Stark i nacken. Stark i benen. Stark i armarna. Stark i fingrarna. Ja, om man så bara är stark i naglarna! Det är styrkan som räknas.

Visst är det bra att kunna använda skallen, kunna räkna ut, resonera. Men det räcker ändå inte riktigt. Man måste kunna köra ner hälarna, ta spjärn. Det måste till fysisk styrka, i någon form. Utan den blir man på något sätt konturlös, vag. Man hamnar på sidan om, får ingen riktig tillhörighet.

När det handlar om idrott är det självfallet kraftsporterna som står högst i kurs. Ja, de är väl egentligen de enda riktigt legitima, rumsrena. På en brottare går det runt fyra fotbollsspelare, sju skridskoåkare, samt ett ospecificerat antal cyklister och simhoppare.

Och brottningen finns på nära håll, nästan inom familjen. Janne Parment, tre- eller fyrmänning i någon riktning, blir Norrlandsmästare i weltervikt. Kurt Jonsson, som brukar köra mjölkbilen (vårdslöst bollande med femtioliterskrukorna, som om det handlade om delar ur en dockservis), tungviktare och trea på SM.

Bakåt finns de mer mytiska kraftkarlarna. Sådana som Ols-Karls-Kalle, som varje morgon varit tvungen att ge sig ut och lyfta stenar, stockar, kreatur och mindre uthus – allt han kunde komma över – för att i möjligaste mån göra sina väldiga kroppskrafter hanterliga och lämpade för mer vardagliga sysslor.

För att inte tala om spisbärarna. Där är historierna tallösa. Karlar – och kvinnor – som kånkar iväg med dessa avgrundstunga gjutjärnslådor till något väglöst nybygge eller någon timmerkoja. Skogarna verkar vara till trängsel fyllda av dem, de dyker upp bakom var och varannan buske. Krumma gestalter, böjda under en blanksvart Husqvarna eller en Sandvikare. I berättelserna dessutom behängda med mjölsäckar, spiklådor, tågvirke, socker-, salt-, kaffe- och snuspaket.

Överhuvudtaget tycks man ha lyft och burit bördor av ett omfång och en vikt som gör det svårt att fatta varför någon egentligen brytt sig om att utveckla andra transportmedel.

Styrkan. Man lutar sig mot den, lite nonchalant, som mot ett spadskaft.

Ändå är den knappast någon självklarhet, inte något man fått till skänks. Man har slitit sig till den. Och på sätt vis har man den väl bara på avbetalning, som det mesta. Man amorterar av, år för år, blir aldrig riktigt skuldfri.

I myterna är den bullrande, självsvåldig, nästan obetvinglig. Ett frihetens emblem.

Det finns en annan sida, som man inte gärna nämner. Att den sitter som ett märke i pannan. Talar om var man hör hemma, var man skall befinna sig. I selen, tillsammans med de andra dragdjuren.

Vad gör vi här?

Vinternätterna med sitt månljus. Den skimrande kölden därute. Allt orörligt, liksom fastfruset. En svidande, overklig skönhet som det inte går att säga något om. Det är som om den vore till för någon annan, inte för oss.

Vi sover ännu alla i samma rum. Också härinne kommer kylan snart krypande när elden i vedspisen brunnit ner. Golven iskalla. Köldrosorna växer snabbt över rutorna, skickar ut tjuvskott, bildar frodiga, nästan ogenomträngliga rabatter. Och inifrån salen – där det nästan aldrig eldas – kan man riktigt höra kölden, hur den hasar sig runt, knäpper och knackar i väggarna, gnäller till, suckar, som om den längtade efter sällskap. Det är aldrig helt tyst. Vi ligger tätt tillsammans och allting hörs, varje andetag, varje rörelse. Vaknar man mitt i natten genljuder rummet av snarkningar i skilda tonarter. En brusande, snörvlande, klagande, trumpetande kör, som kan få porslinet att hoppa på sina hyllor inne i köket.

Senare skall vi flytta upp, brorsan och jag, till övervåningen. Där är det ännu kallare, trots det lilla strålelementet som blänger ilsket och rött ur sitt hörn, nätterna genom.

Det var här uppe som farfar Emil låg och dog, det vet vi, trots att ingen talar om det.

Den första tiden ligger vi blickstilla där i mörkret, väntar andlöst på att få se honom någonstans i rummet. Men han visar sig aldrig, hur länge vi än försöker hålla oss vakna. Skuggorna som rör sig och ljuden vi hör har alltid någon annan förklaring (även om vi försöker skrämma varandra med dem, så gott det går).

Nej, de döda vänder inte tillbaks. I berättelserna kanske, där de dyker upp jämt och ständigt, hotfulla, skrämmande eller bara sorgliga och ensamma. Men inte här. De försvinner bara, uppslukas av mörkret, hörs aldrig av. Döden är en vägg utan dörrar.

När vi tänker så kan allt plötsligt bli grått av skräck. Vi ligger där, räknar sekunderna. Hur många sekunder är det tills vi dör? En miljon? En miljard? Men man kan dö i nästa sekund, i nästa andetag, det går aldrig att veta. Det är bara just nu, den här sekunden, man kan vara säker på att få leva. Och den är redan över!

Tiden tycks gå fortare och fortare, sekunderna flimrar förbi. Rusar, snubblar, trampar nästan ner varandra, som om det gällde att ta sig ut ur ett brinnande hus. Och utanför den svarta natthimlen, med stjärnornas vassa nålstygn. Där finns ingenting, utom köld och tystnad. Ljusår efter ljusår av köld och tystnad.

Vi går aldrig i kyrkan. Det är som om det funnes en tyst överenskommelse, det är inte något man ens behöver tala om. Lika litet som man talar om döden. Eller livet, för den delen.

Och vad skulle man säga?

Om döden, som jämt finns i närheten, som man kan stöta på bakom varje hörn? De döda kattungarna, med sin slutna ögonspringor, sina stelt grinande gap, som om de dött mitt i en jamning. Kon som måste nödslaktas, ligger på sidan, sparkande, vilt råmande, fradga runt mulen, rullande ögonvitor. Grisen, som plötsligt stelnar, står blickstilla, när den fått slaktmaskens kyliga tratt mot pannan, rycker till, med ett uttryck av oerhörd förvåning i de små blå ögonen, innan den tippar över.

Om livet, som man aldrig riktigt får syn på, aldrig får grepp om? Man vet hur det börjar och hur det slutar. Inget mer.

Folk får tro vad de tror. Det finns ändå inga svar. På varför man finns till. Varför man går här. Vad som skall hända eller inte hända.

Morgnarna, med det bleksiktiga skenet från lampan över köksbordet, sprakandet från spisen, värmen som långsamt sprider sig i rummet. Dagsljuset som bryter in. Ibland grådaskigt, konturlöst, luften tung av snö. Ibland svidande klart, med köldblå himmel uppspänd mellan bergsryggarna.

Och vi sitter liksom inneslutna i en kupa av trötthet och väntan. Frågorna avlägsnare nu, blekare. Som drömmar man trodde betydde något, som man försöker minnas och så försvinner de ändå, driver bort.

Det finns annat att tänka på. Snön. Kylan. Skolbussen, om den skall komma eller inte. Läxor som man inte gjort, bortförklaringar att komma med.

Det är så man lever, ett steg i taget. Vi kan se det på de vuxna, hur de skärmar av, stänger ute. Det är så man måste leva. Inte stirra för långt framåt eller för mycket åt sidan. Man stiger bara fel, tappar balansen.

Livet är något oerhört, overkligt. Talgoxen som dyker ner på fönsterblecket, ser på dig med sina mörka ögon, försvinner som en skugga.

Syrsan

Han hade suttit lutad mot en lastbänk eller en välta, någonstans långt ner i fyrtiotalet. Det hade kommit just då. I vart fall var det så han mindes det. Han blev sittande bara, orkade ingenting.

– Nu har du väl för satan ändå vilat klart! var det någon som fräste.

Och det hade han.

Sedan hade han aldrig vilat. Visst hade han legat, både på sjukhuset och hemma. Åratal. Åren hade försvunnit, liksom genom nån djävla tratt. Svirrat till och varit borta. Men han hade inte vilat. Domnat bort, på alla förbannade mediciner han fått. Men aldrig fått *vila*! Aldrig den där friska vilan, sömnen, som man sjönk ner i, som i en brunn. Nej, han flöt runt där, strax under ytan, som en halvdöd fisk. Pumpande gälar, kraftlösa slag med fenorna.

Och han hade varit friskast av dom allihop, av alla bröderna! Inte en dag hade han varit sjuk. Det var orimligt att han blivit så här. Det kunde inte ha hänt. Det hade inte hänt! Han var någon annanstans.

– Det syns att du tar dig, ljög man, när förlamningen släppte och han började kunna gå igen. Eller stappla runt. Du tar dig, du håller på och bli människa igen!

Han brydde sig inte om att svara. Han behövde inte. Han var någon annanstans.

Han hade aldrig hunnit med. Det var det värsta.

Han hade varit tjugo och sen var allting borta. Ner genom den där djävla tratten. Men det gick inte att göra nånting åt och han skulle inte tänka på det. Det var väl så man menade.

Hur då? Inte tänka på det? Hur i helvete skulle det gå till!

Han gjorde inget annat. Varje minut. Varenda djävla sekund!

Efteråt var ingenting på allvar, på riktigt. Han fick gå där, plocka med det han orkade. Pappa skulle dö och han skulle bo kvar med mamma. Gå hemma. Och mamma skulle dö. Och fortfarande fanns ingen verklighet. Inget liv. Allting krympte, allt blev smått, som leksaker, dockmöbler.

Och man trodde att han vande sig. Vande sig vid benen som hasade fram, händerna som bara krafsade och slant. Vande sig vid käkarna som tuggade, saliven som dröp. Att han *var* den här kroppen, det här ansiktet! Och att han nöjde sig med det!

Det skulle ha varit annorlunda. Annorlunda! Inte det här. Det satt som en kniv i honom. Inte det här!

Och drömmarna. Eller var det drömmar? Kunde man drömma sånt? Vad kunde det annars vara?

Det var nästan alltid kvinnor. Som henne han sett stående liksom i en dörröppning, men ändå mitt ute i det fria. Det var en öppning i själva ljuset, en glipa, något som spruckit upp. En annan värld kunde han tänka, även om han visste att det var idioti, vansinnigheter. En annan värld...

Hon hade något tunt, grönt på sig. Ändå kunde han se hennes kropp, som om hon varit helt naken. Han var tvungen att gå närmare, han sögs mot henne. Och hjärtat slog och slog, skenade vilt, ju närmare han kom.

Då såg han att allt hos henne var grönt. Och täckvingarna som stack ut från axlarna. Det där torra, sisslande lätet som kom i vågor från henne.

Han kom ihåg ögonen. Helt svarta, som en enda pupill. Lugna, kalla, orörliga. Det fanns liksom inga känslor där. Ingenting. När hon såg på honom kunde han ha varit vem som helst, vad som helst.

Hundralappar

En gång är köksbordet täckt av hundralappar. Det är slutlikviden för en avverkning, den första större som görs efter att Erland tagit över. De har brett ut sedlarna över bordet och sitter där, han och Inga-Britt, tindrande som barnungar på julafton. Och framtiden ligger för ett ögonblick skinande och blank som en rostfri diskbänk. Just en sådan som de här och nu bestämmer sig för att sätta in!

Ett bubblande utbrott av sorglöshet och övermod. Något man naturligtvis inte företar sig ostraffat. Och visst kommer det att straffa sig. Ödet dyker upp i form av det borgensåtagande som Erland skrivit på för en av släktingarna. Någon som startar en bilverkstad, men misslyckas och går i konkurs. Hundralapparna virvlar bort som för en höststorm. Och inte bara hundralapparna, länge är det ovisst om de överhuvudtaget skall kunna behålla stället. Ett balanserande på slak lina, i åratal. Ja, egentligen allt framgent.

Händelsen blir en vattendelare, en gränslinje. Inledningen till en ny tideräkning. Hädanefter kommer tiden att indelas i före och efter Konkursen!

Det är något som brister här. Kanske har det varit på väg länge, men det är just här som brottytorna blir synliga. Och det är nu bitterheten slår rot, börjar växa som ogräs. Anklagelserna haglar. Det är en skuld som måste betalas, både bildligt och bokstavligt.

De märker båda att de misstagit sig. Inget blev vad de tänkte. Och nu är det för sent.

Eller är det?

Båda gör de sina försök till utbrytning, uppbrott.

Erland, som rytande och patetiskt deklarerar att nu får det vara slut, nog! han ger sig av som han går och står! honom kommer man inte att få se igen!

Men brorsan och jag har redan fått tag i var sitt ben, där klänger vi oss fast, gastande som själar i nöd (vilket vi väl strängt taget också är). Vi tänker minsann inte låta honom ge sig av utan vidare, inte utan kamp. Och han lugnar sig, utbrottet ebbar ut, blir ett i raden av större och mindre nederlag.

Inga-Britt har inte ens vänt sig om, visar med ryggtavlan hur litet det intresserar henne vad han gör eller inte gör.

Hennes egen strategi är mer sammanbiten och långtgående. Hon drar upp ett slags embarkationslinje, rör sig ständigt i närheten av den: ständigt hänger hotet i luften, en dag kommer hon att vara försvunnen, på det ena eller andra sättet. Hon ser till att hålla osäkerheten vid liv, spelar på den, använder den som tillhygge, utpressningsmedel.

Och kanske är hon tvungen, kanske är detta hennes livlina. Det ger henne några centimeters fri höjd, en möjlighet att andas.

Och de fortsätter att leva tillsammans, stannar kvar i äktenskapet. Nöt, slits mot varandra, tills misstron, vantrivseln, konflikterna slutligen börjar framstå som något naturligt, vardagligt; ja, nästan ett slags harmoni.

Kasten från allmänt krigstillstånd till perioder av mer alldaglig resignation och leda.

De nästan rituella slagsmålen om pengar, som inte finns, inte räcker till, eller i vilket fall används fel.

Och så – någon gång emellanåt – andningspauserna, uppehållen, då de för en tid tycks kunna glömma bort vilka de är, ser på varandra på ett annat sätt. Men aldrig länge. Tillfälliga hållplatser längs en busslinje som varken ändrar sträckning eller läggs ner.

Men är de så unika, ovanliga? Ett avskräckande exempel, ett särfall, i en omgivning av idel fördragsamhet, endräkt och strävsam lycka?

Vi springer ju ut och in i kåkarna i trakten, med ögonen på skaft. Vi kan se sprickorna, bristningarna. Besvikelsen som finns där. Likgiltighet ibland. Ursinne ibland. Bitterhet, gränsande till hat. Det finns överallt, det tycks höra till, fastslår vi. Men kanske aldrig lika öppet, nästan utmanande, som vi är vana vid. Man sopar undan, täcker över, ser till att hålla skenet hjälpligt uppe.

Och det finns en annan skillnad, tycker vi oss ana. Man kan spåra den i sättet de någon gång har att se på varandra. Som på bröllopsfotot som fortfarande tronar på kommoden inne i salen. Där de vidrör, smeker varandra med blickarna. Det finns något hungrigt, glupskt där, som om de bara väntade på att få sätta tänderna i varandra.

Och de är ju inga dunungar, inga konfirmander. De har båda var sitt äktenskap bakom sig. De bär med sig varsin uppsättning av erfarenheter, av besvikelse, smärta, sorg. De vet vad de vill ha den här gången. Lycka!

När hundralapparna fladdrar iväg, vid den nya tideräkningens inledning, har drömmen redan börjat flagna. Men den har funnits!

För ett kort, svindlande ögonblick har de sett på varandra, *sett* varandra. Sett lyckan där, förkroppsligad. Trott att den var möjlig. Och att den var något de hade rätt att begära.

Släpräfsa

Trots allt en lättnad när slåttern äntligen sätter igång. Det finns ingenting att gruva sig för längre. Nu rullar det bara på. Hässja efter hässja. Det finns till och med en del glädjeämnen i slitet. Man kan lyfta blicken, jämföra med grannarna, bedöma.

De som hässjar tunt, tänjer på höet, försöker få det att räcka till så många hässjeled som möjligt, få det att se ut som de vore storbönder. Vi fnyser föraktfullt åt de beniga missfostren. Det kommer att regna rakt igenom, näringen dryper bort!

De som vräker på så mycket att hässjevirket knakar och bräcks. Latoxarna, som vill få det hela överstökat så fort som möjligt, inte gitter sätta upp ett extra led. Också här fnyser vi, skakar på huvudet. Det blir för tungt, för tätt, höet kommer att brinna inifrån, ruttna i hässjan.

Varefter vi förnöjt vänder oss om, betraktar vad vi själva åstadkommit. Nära nog perfekta skapelser! Varken för litet eller för mycket. Varken för tunt eller för tätt. Höet kommer att ha torkat till luftiga, gröngrå fång när vi börjar köra in, om några veckor.

Man börjar sällan tidigt på dan. Höet måste bli hässjetorrt, solen få tid på sig att ånga daggen ur höstrångarna. I gengäld fortsätter vi långt in på kvällen, ända tills korna måste in. Ibland också efter mjölkningen.

Och själva arbetet, att stå vid hässjan, är ett tempojobb, som att stå vid löpande bandet. Släpa efter släpa kommer in, det gäller att försöka hålla undan, annars har man snart ett berg av hopkört hö att slita i.

Släpräfsan är det till en början alltid Erland som kör. När släporna hopat sig till ett smärre alplandskap får hästen stå, medan han river åt sig en gaffel och börjar hjälpa till att vräka upp hö.

Så småningom, i tioårsåldern, kommer brorsan att ta över. En befordran av närmast gigantiska mått. Från verkstadsgolvet rakt in i styrelserummet! Naturligtvis protesterar jag högljutt, bara för att få höra att jag är för liten, att det är inget jag klarar av.

Att köra släpräfsan innebär ansvar.

Det gäller att kunna se och planera varje vända i förväg. Bedöma hömängden så att man varken får för litet eller för mycket i släpan. För litet, det är slöseri med tid och arbete. För mycket och man får lätta räfsan från marken på tillbakavägen, släpan pressas samman och höet tvinnar sig, man får slita loss fången. Och samtidigt måste man kunna hantera hästen, styra undan för tuvor och sten, se till att inte räfspinnarna går fast i backen och räfsan välter. Skulle det ändå hända måste man ha sinnesnärvaro nog att frikoppla och låta tippen gå, innan räfsan far runt med spak och allt, hästen kanske sätter av i sken. Och skulle också detta hända måste man snabbt få stopp på hästen. Man måste följa med, hänga i tömmarna, samtidigt som man försöker hålla sig ur vägen för den tunga räfsan.

Visst vet jag det här, men avundsjukan bränner ändå i mig där jag ursinnigt bökar i höet. Svetten drypande efter ryggen. Boss och hödamm som sticker och svider. Svärmar av gråbroms runt ansiktet. Myggen framåt kvällen. Armarna stumma, styva, som en förlängning av gaffelskaftet. Blåsor i tumgrepp och handflator.

Medan brorsan nonchalant och visslande strosar iväg bakom släpräfsan, vispar broms och flugor från hästen med tömmarna. Gäspande stannar till och väntar när vi inte hunnit undan. Kastar en försmädlig blick åt mitt håll: "Jag kanske ska komma tillbaks imorron istället?"

Så är det hela plötsligt över. Erland signalerar att det är dags att göra kväll. Och vi lämnar allt där det står, försvinner neråt bäcken, mot Storhöljan. Hästen får Erland ta hand om, högafflarna också. De irriterade ropen där bakom oss låtsas vi inte höra.

Vi har fått nog. Av arbete och ansvar. Av hela vuxenheten! Vi lämnar den bakom oss, springer vilt nerför backarna, kastar av oss kläderna, slänger oss i.

Bäckvattnet blir aldrig riktigt varmt, men vi vet att man vänjer sig bara man legat i ett tag. Och nu framåt kvällen, när det blir svalare i luften, kan det kännas nästan ljummet, som att skvalpa runt i en badbassäng.

Vi dyker, plockar musslor, driver med strömmen. Gräver oss in i strandkantens lera, skapar tunnlar och grottor för småfolket. Bygger broar mellan stenarna. Bygger upp landskap, hela världar. Tills vi tröttnar eller blir osams, river allting igen.

Knattret från slåttermaskinen kan få oss att lystra till, se på varandra. Vi vet att vi kanske borde hjälpa till. Räfsa undan, slå hackslått där inte slåttermaskinskniven kommer åt. Vara till hands, om inte annat. Det finns alltid något att göra.

Men vi skjuter det åt sidan, leker vidare. Också när vi kommit upp ur bäcken fortsätter vi. Leker oss upp över lägdorna, mellan hässjorna, hemåt. Koncentrerat, nästan sammanbitet, utan avbrott. Tar leken med oss genom kvällsmaten, ända ner i sängarna, in i drömmarna. Håller upp den som en sköld mot övermakten av hö och arbete därute i vuxenlivet.

Saga

Tonårsdottern, hon som Erland har med sig i boet, vad händer med henne?

Hon försvinner tidigt hemifrån. Hemifrån, förresten – hon har väl aldrig sett det här som sitt hem.

Egentligen har hon varit hemlös ända sedan moderns död. Erland har jobbat – på byggen, i skogen – och hon har flyttats runt mellan släktingar. Så fortsätter det ända tills Erland tar över uppe i Hjässberget. Nu skall hon få ett hem igen, är det meningen. Och en ny mor, på köpet!

Naturligtvis kommer det inte att fungera. Inga-Britt har ännu inte fyllt trettio. Det är alltså inte alltför många år mellan henne och styvdottern. Inte de bästa av förutsättningar för att plötsligt bli mamma till en tonåring. Istället möts de två i en rasande, alltmer bitter strid om samma man.

Och snart kommer också halvsyskonen, driver tonåringen allt längre ut i ett ingenmansland av desperation och kärlekstörst.

Det blir som i en saga, en av de gamla goda onda. Gamle kungen är kanske inte död, men avlägsen, bortvänd, omöjlig att nå. Och Den Onda Styvmodern regerar.

Ja, det vilar något av antik tragedi över det hela. Allting ödesbestämt, de olika gestalterna sprattlar som dockor i mytens garn.

Dottern, som driver sitt spel, försöker med alla medel vinna tillbaks fadern. Och hon vill ha honom för sig själv, inte dela honom med inkräktarna! Gör utfall, sprider ut rykten om vad hon får utstå, hur illa hon behandlas, försöker slå in kilar mellan honom och den nya familjen.

Inga-Britt, som skummande av vrede ställer henne till svars, bestraffar och ställer ultimatum. Som inte kan se det förorättade barnet i den taniga, långbenta gestalten framför sig. Det hon ser – även om hon aldrig skulle erkänna det – är rivalen, den andra kvinnan.

Och Erland som drar sig undan. Ställer sig lite vid sidan om, som om han inte ingick i det drama som spelas upp. Som inte orkar gripa in. Det är något övermäktigt i denna kamp på liv och död, och han vill inte se den, inte erkänna att den pågår, inte välja sida.

Ett passionsdrama, som under några år böljar fram och åter. Så är det över, abrupt, nästan snopet. Dottern slutar skolan och ger sig av. Arbetar, gifter sig. Hon vänder aldrig tillbaks, inte ens för ett besök. När hon någon gång träffar Erland blir det vid förstulna, halvt hemliga möten, som det aldrig talas om. Överhuvudtaget blir det tyst om henne, hennes namn nämns knappt.

Men just i denna tystnad finns hon kvar. Den gör henne på något sätt ändå ständigt närvarande. Själva tystnaden, förnekandet blir till en bakgrundston, något skärande, brustet.

Någon sommar sitter hon utanför huset. Vid trädgårdmöbeln under köksfönstret. Tidigt femtiotal, farande sol över hennes ansikte. Hon lutar sig framåt på armbågarna, ser in i kameran, ler lite tvekande, som om hon inte vore van vid det. Mest är det allvar i hennes ansiktsuttryck. Och osäkerhet.

Redan något av uppbrott i bilden. Hon är på väg härifrån, hon har bestämt sig. Här finns ingenting för henne.

Och samtidigt denna osäkerhet, utsatthet.

Det skulle stå någon där och lägga armen om henne, dra henne till sig.

Minne

Jag sitter baktill på cykeln, på pakethållaren, klänger mig fast vid Erlands rygg. Håller ut benen för att inte få in dem mellan ekrarna i det ursinnigt snurrande bakhjulet. Hela tiden, precis som han instruerat.

Vi är på väg för att hämta medicin till en ko som blivit sjuk.

Det finns ingen tid här i minnet, och inga avstånd. Bara grantopparna som vajar däruppe över hans axlar, höga som flaggstänger. Gruset som sjunger under ballongdäcken, kedjan som rasslar. Och krampen som rycker i de spretande benen.

Huset ligger inbäddat i grönska. Inomhus är det svalt, skumt. Den där syrliga, instängda doften som alltid tycks finnas hos gamla människor. Kvinnan är liten och mörk. Gammal, men håret fortfarande nästan kolsvart. Också ögonen mörka, genomträngande. Hon rör sig snabbt, säger inte mycket. Räcker över den bruna flaskan, tar emot sedeln som Erland plockar fram och låter den försvinna ner i en av förklädesfickorna, tar farväl med en nick.

På väg hem berättar Erland om henne, hojtande över axeln, medan han styr nerför backarna. Att hon förutom att bota kor kan stämma blod och blåsa bort värk. Att hon i förväg vet om att man skall komma och i vilket ärende. Och att man alltid måste se till att betala henne i handen: det spelar ingen roll hur litet eller hur mycket, bara man ger något, det är det viktiga, annars vet man inte vad som kan hända. Men man får heller inte säga något som antyder att det rör sig om betalning, en affärstransaktion av något slag. Bara ge henne pengarna och sen ge sig av. Jag lyssnar, men inte särskilt uppmärksamt. Jag har nog med att hålla mig fast därbak på cykeln, samtidigt som jag fortfarande samvetsgrant försöker hålla upp benen, tunga som stockar nu.

Långt senare gör jag ett försök att få reda på något mer om henne, vad hon hette, vem hon var. Men av dem som borde minnas finns knappt någon kvar. Och de som finns i livet tycks inte veta något. Man ser bara undrande på mig. Var skulle hon ha bott, var skulle huset ha legat? Där, på andra sidan bäcken? Där finns ju bara Olssons gamla kåk och den har väl stått tom sen tidernas begynnelse? Man skakar på huvudet. Nej, nån klok kärring av det slaget har det väl aldrig funnits här på trakten. Ja, gammelfarmor Karolina förstås, som var liksveperska, kalaskokerska, jordemor och guvetvad, dessutom synsk och antagligen trollkunnig också, liksom av bara farten. Men hon dör ju redan på tiotalet och båtsmanstorpet eldar man upp under krigsåren. Men någon annan än hon har det inte funnits, inte vad man vet...

Och det står alltmer klart för mig att kvinnan som räcker över den bruna medicinflaskan aldrig existerat. Jag *kan* inte ha sett henne. Kan inte ha stått därinne i det svala, mörka köket, sett henne ta emot sedeln, snabbt smussla undan den och nicka åt oss.

Ändå är minnesbilderna glasklara, knivskarpa. Hennes svarta hår med några grå strån här och var. Det bländvita förklädet. Hennes vesslekvicka rörelser. Den mörka genomskådande blicken, som gör att man känner sig lite olustig, liksom ertappad.

Också bilden av Erland har samma nästan grafiska skärpa. Det enda minne där han fortfarande förefaller relativt ung. Håret ännu brunt och yvigt, det är bara bakåt nacken som det börjat glesna. Och hans sätt att berätta medan han trampar fram genom gruset är också det ungdomligt, liksom pojkaktigt.

Ja, det finns något pojkaktigt, skrattande över hela hans gestalt där han cyklar hemåt från besöket hos denna kvinna som aldrig funnits, i detta hus som heller aldrig funnits. Och i byxfickan flaskan med hopkoket som skall få den sjuka kon att råmande ta sig upp på benen igen, återvända till livet.

Bärskog

Bärskogen. Länge tror vi att namnet kommer av allt kånkande och släpande. Över risiga hyggen och sugande myrar, uppför och nerför bergbranterna, längs slingrande, knappt synliga stigar, kilometer efter kilometer.

Och vi är alltid med. Till en början burna, så småningom halvt släpade, halvt mutade. "Gå nu, det är inte långt kvar... ni får en dricka var när vi kommer fram... ni får en tjugofemöring litern om ni plockar... ni får..."

Alltid är vi med. Djupast ner i minnena tycks det ständigt höras ett svagt rassel av bärplockare genom blåbärs- och lingonris, stövelklafs över hjortronmyrar, hoanden från någon som kommit från flocken, vill ha reda på var de övriga befinner sig.

Ett evigt gående. Upp och ner. Hit och dit. De bästa bärmarkerna tycks av någon anledning alltid vara så belägna att det krävs ett smärre kraftprov bara för att ta sig dit. Och så väntandet. På att det skall bli dags för kaffe och matsäck, på att bärkontar och hinkar skall anses nöjaktigt fyllda, på att äntligen få vända hemåt igen, samma ändlösa väg.

Ändå kan vi längta hit. Det finns ett slags lugn här. Inget bråk, inget naggande tjat, inga högröstade meningsutbyten. Det är som om allt sådant mist sin betydelse, drivit undan. En glipa av frihet, där alla rör sig i sitt, liksom försjunkna, halvt drömmande. Och en känsla av rikedom. Man står mitt i ett slösande överflöd och kan bara ta för sig, utan inskränkningar. En skattkammare utan ägare.

Ibland plockar vi tillsammans med Gunvor och Herbert och alla tremänningarna. Då är vi ett enda stort resandesällskap, skrattande, skrikande, tjoande, viftande. En uppsluppenhet farligt nära det tillåtnas gräns (man vet ju var den hamnar som visslar om morgonen...).

Och vi ger oss av längre bort, mot Vinstermyra, Kalmarksberget, Djupdalen. Bara skog, berg och myrmarker runt om, varken hus eller vägar. Vi får stränga tillsägelser att inte ge oss av på egen hand. Vilket vi naturligtvis är tvungna att göra, så fort vi bara kan. Följer små mörka bäckar bort över myrarna. Hittar gamla timmervägar som plötsligt dyker upp mellan granarna, försvinner som rök i riset och buskskogen. Klänger uppför stupande bergssidor, där vi knappt vågar vända oss om under klättringen.

Däruppe kastar vi oss flåsande ner i mossan. Ropen bakom oss tunna, avlägsna, nästan dränkta av vindpip och fraset av ljung och mossa. Vi stirrar ut över oändligheten av raggiga höjder och blekgula myrar. På avstånd några stora grå sjöar, stränderna öde. Och vi funderar över var man skulle hamna om man fortsatte vidare? Förbi de blåsiga vattenytorna, längre och längre bort, berg för berg, myr för myr. Hur det skulle vara att bara lämna allt bakom sig? Vi leker med tanken. Vara borta i åratal kanske. Och sen, när man kom tillbaks, vad skulle ha förändrats?

Också när vi dröjande återvänder – kasar oss nerför sluttningarna, söker oss tillbaks i riktning mot de enträgna rösterna – tänker vi på det här. Att försvinna spårlöst, för att dyka upp igen någon gång långt senare. Vad skulle ha hänt? Vi granskar forskande de vuxnas ansikten. Hur skulle de se ut då? Vad skulle ha hänt med dem under den tiden? Och vi själva, vad skulle ha hänt med oss, vilka skulle vi vara?

Det finns något skrämmande och samtidigt oemotståndligt lockande i tanken. Och något av smärta. Vi känner oss plötsligt äldre, vuxnare. Det är som om vi redan vore på väg, förbi de där ödsliga vattnen, genom skogarna, längre och längre bort.

Ja, det är kanske så det är. Vi är redan på väg.

Snö

Den vintern, tillsammans med Anne.

I skolan går vi omvägar. Pratar inte, vågar knappt se på varann. Träffas efteråt, i kvällsmörkret, stöter ihop liksom av en slump, följs åt i någon riktning, allt närmare varandra ju längre bort från ljuset vi kommer.

Driver runt i kylan, tar oss in där vi kan. Uthus. Vintertomma fritidskåkar i utkanten av samhället. Lirkar upp bristfälligt påhakade fönster, ålar oss in. Försynta, aldrig upptäckta inbrott. Vi rör knappt något. Ett kvarlämnat cigarettpaket, kanske. Försiktiga klunkar av slattarna i nästan tomma likörflaskor. Och utanför försvinner våra spår i snön, som tycks falla ständigt.

Därinne står vi tätt sammanslingrade, pressade mot varandra, så nära vi kan komma. Febrigt trevande över varandras kroppar. Ibland osäkra, liksom bävande över hur långt vi kan gå. En katt-och-råttalek. När jag försöker lirka in ett finger under de snäva jeansen kan hon ilsket slå undan min hand. Och jag lyder omedelbart, står orörlig och rodnande i mörkret. Tills hon tar min hand igen, lägger den på ett av de mjuka brösten, pressar sig mot mig. Jag känner hennes bröst genom tröjan, hennes läppar som sakta letar sig mot mina.

Någon gång ljudet från en bil på vägen utanför. Vi spritter isär, håller andan, lyssnar. Stannade den? Och vi kastar oss ut, snubblar blint genom rabatter och översnöade bärbuskar, vräker oss ner i skydd, lyssnar igen. Nej, det var ingenting. Bara någon som åkte förbi.

Flämtande och skrattande ligger vi där, ser på varann. Känner varken kylan eller snön. Söker oss mot varann igen. Smakar på varann. Slickar fukten och svetten från varandras ansikten, låter tungorna mötas, låser de svullna, såriga läpparna mot varann. Suger oss fast, glupande, utsvultet.

På sista bussen hem sitter jag hopkrupen intill fönstret, stirrar envist på min bild i den mörka rutan. Jag vill inte prata med någon. Inte här och inte hemma. De har ingenting att säga mig. Ingenting! De går där i sin verklighet, dag efter dag, år efter år. I samma fotspår, samma lunk. Allting utnött, uttjatat, utslitet. De vet ingenting om livet längre! Om hur det verkligen *är*! Som ett öppet sår och som en flodvåg! Vad skulle de ha att säga mig?

Och utanför rinner skogen förbi. Enstaka hus med sina knutlampor. Hundskall när bussen stannar till. Snön som driver. Jag vill ut dit. Tillbaks ut i mörkret och snön. Känna hennes läppar mot mina, hennes hud mot min. Lukten, smaken av henne där ute i dunklet, i kylan. Vad vet de om sånt? Ingenting!

Ansikte

Sigge Berglund som kör förbi med någon av sina spattiga travare. Och Erland stannar plötsligt upp mitt i arbetet.

Vi håller på att ta in hö. Det är sista lasset och ett ögonblick väntar vi på att han skall säga något, men han bara står där, stirrar upp mot vägen med rynkad panna. Då fortsätter vi att lasta på egen hand, demonstrativt.

Det finns något ouppklarat mellan dessa båda. Det är inget som sägs rent ut, men vi vet det naturligtvis ändå. Det är något som sagts, några skitord som farit runt och som Erland fått höra. Kanske finns det annat där också, längre bakåt i tiden. Det är ingen ovanlighet, det finns gott om sånt, och för det mesta ebbar det bara ut.

Men nu är han plötsligt på väg över lägdan, med långa kliv. Ropar med hög röst efter Sigge, som inte låtsas höra, bara kör vidare. Men stoltheten förbjuder honom att öka farten och Erland är snart ikapp den skrittande hästen, hugger Sigge i axeln, tvingar honom att stanna.

Vi kan inte höra vad som sägs. Ser bara hur Erland står böjd över den andre, som tycks huka sig, krypa undan. Slutligen ger han honom en omild knuff, tar ett steg bakåt, ryter i åt hästen, som sätter av i halvt sken bortåt vägen.

När han återvänder är käkmusklerna fortfarande spända, tinningsådrorna uppsvällda. Han tycks inte riktigt se oss, stirrar framför sig. Ögonen smala, mörka strimmor. Det dröjer innan anletsdragen börjar mildras, mjukas upp och han långsamt hittar tillbaks till sitt vanliga ansikte.

"Erland? Det finns ingen så lugn som han. Han är lugnet självt, rakt igenom! Han kan inte bli arg!"

Rösterna är så gott som samstämmiga. Och hemma ruskar han knappt om oss, oavsett vad vi ställt till med. Tycks vara i det närmaste oförmögen att utdela någon form av fysisk bestraffning. Visst kan han ryta till, men det går aldrig längre och det är inget vi egentligen tar på allvar.

Händer det något går han helst undan, väntar. Skakar det av sig.

Nej, det finns ingen så lugn...

Och så någonstans under ytan detta andra ansikte. När han med ett slags olycksbådande beslutsamhet stegar upp mot vägen, sätter av efter den skrittande hästen. Och någon gång i arbetet dyker det också upp. Något hetsigt, våldsamt, uppdämt. Han skalar med häftiga rörelser barken av massavedsbitarna i någon välta, stöter med barkspaden som om den vore ett stickvapen. Eller vräker undan säckarna med kraftfoder och konstgödning inne i lagårdssvalen, häftigt, liksom i ett plötsligt uppflammande ursinne.

På tidiga foton kan man spåra det, han tycks stå och stampa, tuggande på läpparna, fylld av något som när som helst kan rinna över.

Vem är han? Vilket är hans rätta ansikte?

Ja, han har inte suttit på arslet häruppe hela livet, som han brukar säga, med ett hastigt leende. Rekryten nere i Karlsborg. Skogen i otaliga omgångar. Jämtland och Hälsingland; ja, så långt ner som dalaskogarna. Och byggjobb. Han kuskar runt. En tid i Stockholm, där han är med och bygger gasklockan nedanför Sabbatsberg.

Och under krigsåren ligger han uppe vid norska gränsen, trakterna av Skarstugan. Kanske den bästa tiden av alla. Sno värvning! har befälet uppmanat honom redan nere i Karlsborg. Sno värvning, för fan, du passar för det här! Han slår ifrån sig, ser framför sig det ändlösa harvandet på exercisplatserna i någon grå garnisonsstad, trista kvällar med kortspel och silvergrogg på slitna mässar. Och vad kan han bli, underbefäl, befäl på sin höjd? Skrikande neråt, krypande uppåt. Det kan han vara utan.

Men häruppe, under beredskapen, faller allt plötsligt på plats. Veckor i streck liggande ute i bivack, på spaningsuppdrag, bevakning. Några dygns ledighet, så ut igen. På andra sliter det, för honom tycks det närmast vara en njutning. De ständiga förflyttningarna, osäkerheten. De fysiska påfrestningarna. Ja, till och med krigshotet, där man tidvis egentligen bara räknar dagarna. Allt detta tycks få de båda sidorna hos honom att smälta samman till ett helt. Ytan av sävlighet, lugn. Det våldsamma, otillfredsställda, som lurar någonstans inom honom.

Under några år lever han så. Allt kan hända. Ingenting är tryggt, säkert. Och han rör sig som fisken i vattnet, får man en känsla av. Tycks fungera som bäst just under sådana förhållanden. I berättelserna återkommer han ofta till den här tiden, liksom trånsjukt, längtansfullt. Som om det är där han borde vara.

Och sedan? Byggjobben. Skogen. Småbrukeriet. Han är tillbaks igen. I selen.

Och lugnet, jämnheten, stadigheten blir alltmer det ansikte han antar, den bild han fogar sig i. Det hetsiga, kantiga hos honom som bortblåst. Eller undanstoppat, inlåst. Knappt någon tycks ens minnas att det funnits där.

Erland? Det finns ingen så lugn…

Hoppet

Och tiden står plötsligt stilla, fastnaglad. Darrar bara lätt, som en kniv man kastat fast i lagårdsväggen. Ljuset blekt, tunt, utan djup. Något främmande, overkligt i allt. Tidig höst, med grå himmel, grå skog, gråa vatten. Jag går ner mot bäcken.

Det är brorsan. Han ligger medvetslös. Det går inte att säga när han skall vakna. *Om* han skall vakna. Han har ramlat baklänges från motorhuven på en Scania inne på Bil och Buss, där han går som lärling. Slår i ett knä och svimmar när han står där och rotar, stupar rakt ner i betongen.

Det är ingen höjd egentligen. Någon meter. Men det räcker. Jag kan nästan höra ljudet när han slår i golvet. Ett otäckt, mjukt smackande. Jag vill inte tänka på det.

Jag har sett honom där han ligger inne på sjukhuset. Anletsdragen liksom utsuddade mot allt det vita runt om. Det är inte han! försöker jag säga. Man har tagit fel bara, man måste ha tagit fel!

Och tiden står stilla. Ingenting händer. Samma långa, oändligt utdragna eftermiddag hela tiden. Ljudlöshet. Inga röster, ingenting. Som om en kupa sänkts över oss, allt stannat mitt i ett andetag.

När jag klättrat upp på en av stenarna vid bäckfåran vet jag varför jag är här, vad jag måste göra. Om jag hoppar över tre gånger, rakt över strömmen, då kommer han att vakna! Jag får inte ta sats, bara hoppa där jag står. Landa, vända mig om och hoppa tillbaks. Tre gånger. Det hela är liksom glasklart. Jag behöver inte fundera på det, inte en sekund. Bara hoppa.

Redan vid uthoppet inser jag att det inte kommer att gå, jag får inget fäste på de hala stenarna, dråsar handlöst ner i vattnet. Men det spelar ingen roll, jag har redan ändrat taktik, bestämt mig för att det här var meningen. Jag *skulle* halka, falla, det är så jag skall rädda honom!

Det är inte djupt, men stenigt, strömt. Vattnet iskallt efter höstregnen. Jag kanar med en bit, slår i stenarna, skrapar mig, hamnar i en djupgrop där vattnet når nästan över huvudet. Och något sömnigt, nästan dåsigt sprider sig från maggropen.

Men här är bäcken inte mer än ett par tre meter och jag tar mig in mot strandkanten, långsamt, segande. Hänger mig fast i rotknippena som löper i vattenlinjen, drar mig upp, decimeter för decimeter, tills jag ligger där på fast mark igen. En salt smak av blod i munhålan.

Och jag vet att jag har lyckats! Nu reser han sig upp i sängen, slår upp ögonen!

"Din förbannade dumma djävla idiotdjävel! Hur i helvete kan nån bli så inihelvete satans dum! Det är bara du som kan göra nåt så satans idiotisk förbannat dumt!"

Tomt

Utrymmen fyllda av gammal bråte. Innersta delen av hövinden. Ett hörn av logen. En del av vagnsskjulet. Inne i halmboden och ladan. Längst därinne, utan dagsljus. Allt täckt av damm, decimetertjocka lager.

En gammal gigg. En trilla. Järnhjulsvagnar. Stalpkärror. Gamla timmerdoningar. En hackelsemaskin. Söndertorkade skakelämnen. Pinnharvar. Trasiga seldon.

Skräp. En gång kanske tänkt att repareras, återanvändas, men det blir liggande, kommer aldrig fram i ljuset mer. Det som hamnar här blir alltid liggande. Sånt som tiden sprungit ifrån, det finns ingen användning för det längre. Det är inte ens värt att eldas upp.

Kutiga gamlingar kan komma hasande, trevar sig in i dunklet. Låter de styva fingrarna – som ser mer än ögonen – fara över järnbeslag och trävirke. Kanske blir de kvar därinne, smälter in bland den övriga bråten. Försvinner också de under den brungrå mattan av hödamm och spindelväv.

Ett ständigt växande hembygdsmuseum, som så småningom borde spränga väggar och tak, välla ut över gårdsplaner, åkervallar, beteshagar, fylla hela trakten. Men ingenting händer. Allt förminskas härinne.

Tycks tömmas, tappas ur, torka bort. Som flugorna i spindelnätet. Det som finns här blir på något sätt till *ingenting*!

När man kommer ut härifrån, ut i det bländande dagsljuset, går man omkring utan att veta vad man skall göra. Något tungt, sorgmodigt hänger kvar. Man kan inte riktigt bli kvitt det. En känsla av tomhet, något ohjälpligt. Att allting är på väg hit, in i mörkret.

Kämpa

Redan när vi vaknar känner vi att det är en sån här dag. Det pirrar i kroppen. Och något särskilt med ljuset, det är liksom rentvättat, glittrande. Inga-Britt har sin grå dräkt på sig, står och sminkar sig framför spegeln i sovrummet. Också om henne glittrar, lyser det. Det är en sån här dag, nu vet vi! En dag som bubblar av lycka. Idag skall allt bara vara Lycka, från början till slut!

Vi skall in till stan. Åka in med morgonbussen. Gå runt på gatorna. In i affärerna. Handla. Hälsa på morfar, kanske, om han har tid.

Snabbt hoppar vi i kläderna som ligger framlagda. Byxor, skjorta, slipover. Och så båtmössarna, som Inga-Britt kräver att vi har på oss (för att det ser så *snitsigt* ut!). Brorsan har börjat skolan året innan och fogar sig bara motvilligt, efter utdragna protester. Och han kommer att se till att den förhatliga huvudbonaden snabbt försvinner ner i fickan eller i Inga-Britts väska. Om han inte helt sonika råkar glömma den någonstans...

Men mössorna är trots allt bara en småsak, ingenting som på allvar förmår grumla Lyckan, inte ens nagga den i kanten. Fortfarande så porlar det av lycka inom oss. Och redan dryga halvtimmen innan bussen skall komma sitter vi uppe vid vägen, på mjölkbryggan. Räknar bilar, blåser i grässtrån, svarar på kornas råmanden bortifrån beteshagen, räddar smågrodor som hoppar omkring på vägen.

Inga-Britt kommer inte förrän motorljudet hörs uppåt Mosjöbackarna. Och inte ens då gör hon sig någon brådska, går nästan medvetet långsamt, så att bussen får lov att vänta. Som om hon vill vara säker på att man skall lägga märke till henne.

Och hur skulle man kunna låta bli? Vi sneglar upp på henne, jämför med de andra kvinnorna i bussen, i sina tantiga kappor och hattar, handväskorna resolut placerade i knät, tillknäppta blickar, neddragna mungipor, som om de ständigt vore missnöjda med något. Hon *är* annorlunda. Den grå dräkten, rosa blus, djupröda läppar, håret lite rufsigt, en okynnig, spelande glimt i de intensivt blå ögonen.

Karlarna ser det också. Bröstar upp sig, stukar till hattarna eller försöker förtvivlat stryka ner spretande hårtestar, lutar sig lite framåt, för att komma i blickfånget, komma åt att byta några ord.

Men vi har redan vänt oss mot dem, stirrar vasst tillbaks, stirrar ut dem, tills de är tvungna att dra åt sig blickarna, sjunka tillbaks på sätena, vända sig bort. Hon tillhör oss och ingen annan! Demonstrativt trycker vi oss intill henne, låter blickarna utmanande fara runt. Vi tänker inte dela med oss!

Så småningom slappnar vi av, dåsar till av motorljudet och värmen. Solen som smeker över beteshagar och fodervallar. Trädskuggornas trumvirvlar mot vägbanan. Vi stirrar drömmande ut genom fönstren, tänker på stan därnere i bukten. Också den tillhör oss, med sina stenlagda gator, sina skyltfönster, sina statyer och fontäner. Också den tillhör oss, i varje fall just nu, idag.

Erland följer inte med, det gör han nästan aldrig. Någon måste ju ställa med djuren. Och det finns annat. Det finns alltid sånt som måste göras, även om det är lördag. Fast egentligen tycker han nog bara att det är skönt att få vara ensam ett slag, föredrar att stanna hemma. Även om inte vi fattar hur någon kan föredra det? Frivilligt avstå från att kila längs gatorna, gapa på bilarna, titta i skyltfönstren, springa in på Näslund & Wiklund för att se på de elektriska tågen och leksaksbilarna, in på EPA där allting är så billigt att man kan vara nästan säker på att kunna tjata till sig något? Slicka i sig mjukglass på den nyöppnade Mjölkbaren där man sitter vid bardisken på pallar som är så höga att man får lov att klättra eller lyftas upp? Nej, vi fattar det inte.

Men Inga-Britt brinner nästan av samma iver som vi. Trots att hon är född därnere, i stan, sprungit upp- och nerför gatorna som liten. Eller just därför. Hon är på väg hem nu. Och hon är lycklig, det märks. Berättar om sånt som hon aldrig berättar om annars. Hur hon var nära att drunkna i ån en gång, i tioårsåldern, blev uppdragen, utan att hon någonsin fick reda på vem som räddat henne. Ingen såg hur det gick till. Själv minns hon bara någon – eller något – som kom glidande längs bottnen, drog henne in mot land. Eller om hur de åkte kälke nerför Norra Stadsberget på vintrarna, en hisnande färd, nästan lodrätt ner, fick en sån fart att de fortsatte ända in i stan, över spårvägsspåren och Puckelbron. Måste kasta sig av om spårvagnen råkade komma. Eller när de låg gömda uppe bland gravstenarna utanför kyrkan, sköt med ärtrör genom järnstaketet mot poliskonstaplarna som brukade patrullera på gatan nedanför. Om de blev jagade smet de ibland ända in i kyrkan, gömde sig där, bland bänkarna eller till och med bakom själva altaret. Och någon gång ramlade hon ner i en nygrävd grav under flykten…

Imponerade och avundsjuka stirrar vi på henne, inser att hon vuxit upp i ett sagorike, ett paradis. Det är därför hon är som hon är. Annorlunda, olik alla andra.

Senare, framåt eftermiddagen, på väg hemåt igen. Och ljuset är tyngre, liksom trögflytande. Allt går långsammare. Bussen segar sig uppför backarna, tycks knappt öka farten i utförsluten heller. Som om det fanns ett motstånd, en tröghet i allting.

Inga-Britt sitter tyst nu, sammanbiten. Och vi vet vad som händer. Vi har vetat det hela tiden. Det är lyckan som håller på att ta slut, sippra bort. Den räcker aldrig en hel dag. Snart kommer det att vara som om den aldrig funnits där. Så fort vi kommer hem skall hon hänga undan dräkten, dra på sig något ombyte, försvinna ut. Vildsint börja hacka bort kvickrot och groblad på gårdsplanen, gå lös med lien på grässlänterna runt huset, slita i ogräset som kommit upp mellan bärbuskarna.

Brorsan och jag håller oss undan. Erland likaså. Vi kan nästan känna hur raseriet vibrerar, växer inom henne. Över torftigheten här. Knappheten. Ofärdigheten. Väggar som lyser halvmålade. Takpannor som borde bytas. Skräp som bara ligger. Ogräs som växer. Över att vi har det som vi har det. Allt som borde göras. Som redan borde ha gjorts, för länge sen! Vi vet också att det bara behövs ett ord, ett muttrande, en huvudskakning för att ovädret skall braka loss, med full orkanstyrka. Det är säkrast att hålla sig undan.

Vi vet att det är någonting som är fel. På oss eller på världen. Alltid finns det något som gör henne rasande, ursinnig. Det är som om hon *måste* ha något att slå ner på, något att kämpa emot.

Och hon kämpar så gott som ständigt. Mot allt och alla. I alla riktningar. Uppåt, neråt, bakåt, framåt. Hon kan inte slå sig till ro, vara nöjd. Bara ordet får henne att resa ragg. Vara *nöjd*! Varför ska man vara nöjd, nöja sig? Och förresten, vad finns det att vara nöjd med *här*!

Åren kommer att dra förbi. Lågt farande molnsystem. Glimtarna av lycka finns där, som revor i molntäcket. Men allt sällsyntare. Och en smak av bitterhet blandar sig i allt. Inte ens lyckan går fri. Den är lika omöjlig, svekfull som allt annat. Hon borde aldrig ha trott på den. Det finns inget man kan tro på, lita på. Det som finns, det som återstår, är kampen.

Det är som om livet, själva existensen, hänger på detta. Att hon kämpar. Varje ögonblick, varje sekund. Inte hejdar sig, stannar upp. Stillastående är lika med död. Och hon tänker inte dö, inte än, inte utan kamp.

In i det sista kämpar hon. När hon ligger där i sjukhussängen, med cancern rasande i kroppen. Bröstet som häver sig, mödosamt, plågat. Håret fuktigt av svett. Blicken glanslös, avlägsen. Hon kan inte tala längre, rör sig knappt.

Då skjuter hon plötsligt undan handen som försöker hålla hennes, häftigt. Något blixtrar till i de blå ögonen. ”Låt mig vara! Jag kämpar, ser ni inte det?”

Hon vänder sig bort. Tungt, plågat.

”Jag kämpar, jag kommer alltid att kämpa!”

Pärlfiskare

De dyker upp framåt sensommaren. Ett par långbenta, kutryggiga gestalter. Gråklädda. Ryggsäckar och axelväskor. Kartfodral dinglande på bröstet. Långskaftade griptänger under armen. De går spejande längs bäcken. Drar upp långstövlarna, kliver ner och vadar sträckvis. Kisar ner i djuphålornas mörka vatten.

Senare sitter de i slänten nedanför Kalvhagen. Piprökande, tystlåtna. Frågar likgiltigt, liksom i förbifarten, hur det ser ut längre neråt. Om det finns grusbottnar eller om det mest är lera?

Men vi har redan fattat vad de är ute efter, svarar bara undvikande och svävande. Vet så gott som ingenting. Men inget grus, nej, det finns det nog inte, det är nog bara dy och lera...

Så snart de gett sig av försvinner vi snabbt hemåt, snor åt oss ett par mjölkhinkar i lagårn, vänder tillbaks till bäcken, till böjarna strax nedanför Storhöljan. Där, i grussträngarna mellan stenarna sitter musslorna i klasar. Tätt tillsammans, tryckta intill varandra. Det ser nästan ut som om de kurade ihop sig därnere i vattnet, sökte skydd hos varandra.

Det blir nästan otäckt när vi tänker så. Men vi vet vad vi måste göra, skakar av oss betänkligheterna, hoppar ner i vattnet och börjar skopa upp dem. Rensar bottnarna neråt, tills vi fått båda hinkarna fulla, kånkar dem hemåt.

Vi smyger in i vedboden från baksidan, vill inte att man skall se vad vi håller på med. Vi har på känn att det inte skulle tas riktigt väl upp. Visst har nästan alla av de vuxna sprungit efter bäcken och plockat upp musslor när de var små – Erland och bröderna, alla andra på ställena runt om. Men aldrig några mängder, inte hinkvis. Och pärlor? Nej, några pärlor hittar man aldrig. Det finns antagligen inga; fel slags bottnar, fel sand, vad vet man.

Överhuvudtaget tycker man nog att musslorna bör lämnas ifred. Det finns en föreställning om att de gör nytta, håller vattnet rent på något vis. Och hursomhelst gör de ingen skada och det är onödigt att vräka upp dem i massor. Vad skulle det tjäna till?

Men vi *vet* att pärlorna finns här. Och vi vet också att det är vi som skall hitta dem. Det är liksom självklart, det är något vi är förutbestämda till. Och efteråt kommer allt att vara förändrat, ingenting som förr!

Så vi sätter igång. Bryter och bänder. Det är inte lätt. Musslorna sluter sig tätt. Ligger där som stenar. Vi får slå upp dem med stämjärn och yxa. Långsamt, långsamt sjunker innehållet i hinkarna. Och allt runt oss blir nersölat, slemmigt, klibbigt. Och sorgligt. Det luktar rått, som efter slakt. Överallt ligger musselkött. Som högar av avhuggna, svullna tungor. Nästan gråtfärdiga försöker vi låta bli att titta på resterna av massakern, stänger öronen för de pipande ljuden när musslorna pressar ihop skalen. Är på väg att ge upp, när den plötsligt ligger där. Pärlan!

Den ser inte ut som vi tänkt oss. Ganska liten. Inte så där skimrande, som på bilderna man sett. Matt, lite skummjölksblå. Och inte direkt rund heller. Ojämn, ser närmast kantstött ut.

Men det *är* en pärla. Vi har hittat den, precis som vi visste! Vad kan den vara värd? Vi har ingen aning, bara att det måste vara mycket. Ädelstenar och pärlor, det vet ju alla... Det är självklart att man kan få en förmögenhet för den!

Och det måste finnas fler, det här är bara början. Vi placerar försiktigt, högtidligt fyndet på en av vedtravarna intill väggen, innan vi kastar oss över de resterande musselhögarna. Alla samvetsbetänkligheter plötsligt som bortblåsta. Det är som om vi inte riktigt kan styra det hela längre, vi måste bara fortsätta, inget kan hejda oss. Med en kuslig, mardrömslik beslutsamhet bryter vi upp musslorna, den ena efter den andra, sprättar ur innanmätet.

Ingenting. Vi hittar inget mer. Och när vi slutligen reser på oss är vi utmattade, liksom urgröpta invärtes. Lika tomma som musselskalen kring oss. Långsamt går vi bort för att granska vårt enda fynd. Men pärlan är borta.

Det går inte att förklara. Ett mysterium som är omöjligt att lösa. Vi letar igenom vedbodgolvet flisa för flisa, sågspån för sågspån. Kryper på knä, fram och tillbaks, otaliga gånger. Springer ut och spejar misstänksamt efter skatorna som singlar över huset och lagårn. Så småningom börjar vi skylla på varann, börjar nästan slåss.

Slutligen inser vi att det är meningslöst. Det spelar ingen roll vad vi gör. Den är försvunnen. Vi kommer aldrig att hitta den igen. Tysta skyfflar vi samman bräckta skal och slamsorna av gråvitt musselkött, begraver det hela i gödselstan bakom lagårn.

I minnet växer den först, blir stor, jättelik och rosaskimrande. Så småningom krymper den igen, bleknar, tills vi slutligen har svårt att säga hur den egentligen såg ut.

Kvar finns den där känslan av förlust. Av att den kunnat rädda oss. Hur? Från vad? Det kan vi inte säga. Bara detta, att den kunde ha räddat oss, på något vis.

Jag är jag

Skogsvägen upp. På ett ställe går den över en berghäll, innan den dyker brant neråt igen, mellan tät granskog. Jag kommer alltid ihåg den här platsen, den sitter som etsad i minnet. Först berget som går i dagen, solen som tycks ligga på för jämnan, silar genom de luftiga tallkronorna, ett slags spräckligt ljus över de slipade grå stenytorna. Så mörkret och svalkan inne under granarna. Den syrliga doften från myrdraget i sänkan nedanför. Himlen ett blått streck högt däruppe.

Senare slår sjön ut framför oss. Oväntat, fast man vet att den skall ligga där. Lurpassande, liksom. Skogen går ända fram till vattnet. Badstället några meter öppen gräsmark. Vi slänger av oss kläderna, vadar ut.

Fast sandbotten, med ett tunt lager dy, sammetsmjukt mot fotsulorna. Vattnet som kittlande stiger längs kroppen. Jag kastar en blick omkring mig. En kråka sjunker tungt ner i en grantopp, sitter där långsamt vaggande. Den ser så mänsklig ut. Den stadiga kroppen, den stora skallen på sned. En gubbe som tar igen sig i arbetet, pustar ut ett tag. Jag betraktar den ett ögonblick. Den skall jag också minnas.

Så dyker jag. Tar ett djupt andetag och dyker.

Det är den sommaren vi skaffar cyklopöga och snorkel. Med huvudet och kroppen strax under vattenytan blir man nästan viktlös, kan ligga och driva hur långt som helst, behöver bara paddla lätt med händer och fötter.

Tidigare har vi hängt ihop nästan för jämnan, Janne och brorsan och jag. Nu är det Janne och jag.

Nästan mitt ute på sjön stannar vi upp, kajkar runt en stund. Jag låter mig sjunka neråt, mot botten. När jag känner kallvattenströmmarna därnere stryka mot benen vänder jag och tar några kraftiga simtag uppåt igen. Det är som att stiga genom ett väldigt grönt öga och när jag bryter vattenytan är jag själva *blicken*, som bara borrar sig vidare, ändlöst, in i den overkligt blå himlen.

Vi simmar inåt igen, mot den sidan där sommarkåkarna ligger. Glider fram i vattenlinjen, ljudlöst. En gång har vi sett några av sommargästtjejerna bada nakna därinne i viken och vi vänder envist tillbaks, det är som en betingad reflex. Men det är tomt och tyst nu. Sista dagarna i juli och de flesta har flyttat ner till stan igen.

Slutligen styr vi in mot badplatsen. Får på oss kläderna, urlakade och huttrande. Repar blåbärskart och stensöta mot hungern som river i tarmarna. Så neråt igen. Hemåt. Vi tar den andra vägen nu, grusvägen. Den är lättare när man ska hem. Nästan bara utför. Jag hänger över cykelstyret, skjortan flaggande i vinden, däckens väsande mot gruset.

Janne är ett par år äldre och har redan moped, ligger för det mesta ett tjugotal meter före, men i långluten kommer jag nästan ikapp, vildsint trampande.

Jag kastar en blick ner på cykeln. En Crescent. Blå, med limpa och speedwaystyre. Tänker på hur jag tjatat för att få den. Och hur jag putsat och polerat, då i början. Gnuggat på minsta fläck. Nu slänger jag den bara från mig där jag stannar. För att liksom visa hur lite jag bryr mig. *"Det är ju bara en cykel."* Samtidigt som det dåliga samvetet, skulden, ständigt finns där som en klump i mellangärdet.

Jag trampar ännu snabbare, bryr mig inte om de förrädiska strängarna av lösgrus i kurvorna. *"Jag är jag"*, nynnar jag lågt, sammanbitet. Höjer rösten, skriker rakt ut, mot vinden. *"Jag är jag!"*

Janne kastar en blick över axeln, styr in mot vägkanten, ställer sig på bromsen.

– Vad är det? frågar han när han strypt motorn.

Jag bara skakar på huvudet.

– Ingenting.

– Vafan skriker du för då?

– Jag skrek inte.

– Jag hörde ju att du skrek nåt!

Jag fortsätter att blåneka.

– Jag har inte skrikit!

Janne betraktar mig med huvudet på sned.

– Vill du bytlåna? frågar han efter en stund, nickar ner mot mopeden.

Jag stirrar tillbaks. Så nickar jag, släpper cykeln rakt ner, tar ett par steg mot honom. Men han har redan trampat igång, skrattar retfullt.

– Trodde du, va!

Så gör han en rivstart, stannar till ett tiotal meter bort.

– När fyllde *du* femton? Det fattar du väl att man inte kan låna ut moppen till småbarn?

Jag bryr mig inte om att skrika något till svar. Vänder tillbaks till cykeln, reser upp den och hoppar på.

Janne har försvunnit bakom nästa kurva. Men jag har ingen lust att tävla längre. Trampar knappt alls, rullar bara utför.

Berghällen. Ryggen, just där skogsvägen kryper över, vräker sig ner på andra sidan. Solljuset där, silande mellan tallstammarna. Så stillastående, oföränderligt. *Evigt*, på något sätt.

Varför stannar vissa saker kvar i minnet? Vissa bilder. Knivskarpa, exakta. Erland, lite från sidan, när han står tyst, försjunken. Hans ansikte då. Fårat, trött. Och samtidigt naket, liksom försvarslöst.

Solen är på väg ner nu, sveper lågt över vägen. Jag trampar på igen. Det finns ett sting av vemod, av sorg där, i själva ljuset. Det talar om att något håller på att ta slut. Dagen, sommaren, sommarlovet, det går inte att säga vad... Allt!... Jag vill komma bort från det, ner i skuggan under Sandbackarna. Sjunka ner i den grå skymningen där, andas ut.

För ett ögonblick ser jag mig själv, framåtlutad över cykeln. Vinden som stryker håret platt mot hjässan. Det sammanbitna, breda ansiktet. Den satta kroppen, också där något sammanbitet, sprängfyllt.

"Jag är jag!" tjuter jag igen. *"Jag är jag!"*

Högre och högre, utan att bry mig om att nån kan höra mig.

Hässja

Ligg här. I skydd av hässjan, i hödoften. Det kan regna, men varken regnet eller blåsten når dig. Ligg kvar här, i den trånga grottan av hö. Se ut i diset. Byarna av regn som vandrar över åsryggarna. Så klarnande himmel, sjok av sol som kanar över backarna. Och framåt kvällen röken från kallkällor och surdrag som stiger i det mjuka grå ljuset.

Ingen hittar dig här. Utom katten, som ljudlöst dyker upp, lägger ner en halvdöd sork eller fågelunge framför dig. Stryker sig mot dig, betraktar dig förväntansfullt med de oskyldiga och uråldriga ögonen.

Ligg här. Tätt mot marken. I den tunga doften av hö och jord som leder in mot hösten. Men det är långt dit. Härinne är det alltid långt till hösten. Den når dig inte. Ligg kvar. Se ut.

Härifrån är allt så litet. Får plats i handflatan. Lagården och kåken. Vägen, som svansar bort i skymningen. Berget bakom, med sin vassa tandrad. Lägdor. Dikeskanter. Hagmark. Bäcken, muttrande och nynnande därnere mellan slänterna och draperierna av lövsly.

Ligg kvar här, se ut. Om du sluter ögonen kommer tiden att brista, åren att skölja över dig, som en flodvåg. Buskarna i beteshagen är plötsligt träd, är borta, är buskar igen. Katten som kommer tillbaks är inte samma katt. Den är död, ungarna redan döda, deras ungar i sin tur. Allt förändrat, främmande.

Ligg kvar. Låt trakten vila i handflatan, finnas där, ännu en stund, liten som en pusselbit. Innan du lägger den på plats igen. Passar in den, varsamt. Just där, mellan de redan lagda bitarna av ljus och mörker.

Innehåll